Was bringt ihr das?

Holger Niederhausen

Was bringt ihr das?

Das Menschenwesen hat eine tiefe Sehnsucht nach dem Schönen, Wahren und Guten. Diese kann von vielem anderen verschüttet worden sein, aber sie ist da. Und seine andere Sehnsucht ist, auch die eigene Seele zu einer Trägerin dessen zu entwickeln, wonach sich das Menschenwesen so sehnt.

Diese zweifache Sehnsucht wollen meine Bücher berühren, wieder bewusst machen, und dazu beitragen, dass sie stark und lebendig werden kann. Was die Seele empfindet und wirklich erstrebt, das ist ihr Wesen. Der Mensch kann ihr Wesen in etwas unendlich Schönes verwandeln, wenn er beginnt, seiner tiefsten Sehnsucht wahrhaftig zu folgen...

1. Auflage April 2021

Umschlagabbildung: Shutterstock / eva_mask, verändert.
Herstellung und Verlag:
BoD – Books on Demand, Norderstedt
ISBN 978-3-7534-6376-6

Das Hauptziel der Gegenmächte
ist die Unschuld

Es war einmal ein Junge, der war in unserer heutigen Zeit aufgewachsen. Zehn Jahre war er nun alt. Seine Eltern waren, wie die meisten Eltern waren – nicht anders als andere. Er, der Junge, war noch fast im Kindergarten gewesen, da hatte er schon ein kleines Tablet bekommen – mit ‚kindgerechten' Spielen, wie man so sagte. Kaum war er dann in die Schule gekommen, hatte er ein Smartphone bekommen, denn ‚der Junge muss doch erreichbar sein', wie die Eltern sagten.

Es spielte keine Rolle, dass die Schule nur eine Viertelstunde weit weg war – und die Eltern in einer winzigen Kleinstadt wohnten, wo sich fast schon Fuchs und Hase gute Nacht sagten. Auch nicht, dass der Junge vormittags in der Schule war und kurz nach der Mittagszeit auf direktem Wege nach Hause kam. Er musste ‚erreichbar' sein – und es konnte doch irgendwann ‚wer weiß was passieren'.

Die Eltern wussten selbst nicht, was das sein sollte – und ob ein Handy dann, wenn ‚wer weiß was passiert' wäre, überhaupt noch etwas nützen würde ... aber er besaß also eines und hatte schnell herausgefunden, dass man damit auch Musik hören konnte und so weiter. Er wünschte sich kleine Ohrstecker, er wünschte sich diese oder jene App, und er spielte auch sehr bald manche der einfältigen Spiele, die zu hunderten auf einem solchen Gerät zu haben waren.

So war der Junge also wie unzählige andere in den Strom geraten – den Strom des Bildschirms, den Strom dieser Geräte. Hatte er ein solches Gerät – oder hatte das Gerät ihn? Für die Eltern war wichtig, dass er erreichbar war...

*

Im Nachbarhaus, ein Haus weiter, lebte ein Mädchen. Es ging in dieselbe Klasse und natürlich in dieselbe Schule. Während der Junge in der rechten Hälfte der Klasse an einem Tisch mit einem anderen Jungen saß, hatte das Mädchen seinen Platz in der linken Hälfte, umgeben von anderen Kindern, die meistens auch bereits ein Handy hatten – und meistens auch längst entdeckten, was man damit alles machen konnte. Das Mädchen hatte nur ein ganz einfaches Tastenhandy – für irgendwelche Notfälle, die auch seine Eltern nicht ausschließen wollten. Aber weil man mit diesem Handy sonst nichts weiter machen konnte, blieb es auch in den Pausen nur in seiner Schultasche.

Nein, das war nicht richtig gesagt. Selbst wenn man mit diesem Handy auch etwas anderes hätte machen können, oder selbst wenn das Mädchen eines der gleichen Handys gehabt hätte, wie sie die anderen hatten – hätte es damit nicht das gleiche *gemacht*. Es hätte damit gar nichts gemacht, sondern es hätte auch ein solches Handy in seiner Schultasche liegen lassen.

Woher man das wissen wollte? Das war ganz einfach. Das Mädchen sah ja, dass alle anderen diese Geräte hatten. Aber es wünschte sich gar keines. Es wünschte sich nur, dass seine beste Freundin ihr Handy ein wenig seltener in der Hand haben würde – weil diese dann vor allem *damit* etwas machte und weniger mit ihr, oder sich über Dinge unterhalten wollte, die man auf dem Handy entdecken konnte, die aber das Mädchen gar nicht interessierten. Aber weil selbst diese beste Freundin von ihrem Handy so fasziniert war, fühlte sich das Mädchen oft einsam – selbst wenn es mit seiner besten Freundin zusammen war.

Am Anfang hatte sie mit ihrer besten Freundin und einigen anderen Mädchen noch Gummitwist gespielt – und Seilhüpfen, Fangen und Verstecken, aber schließlich waren sie die beiden einzigen gewesen, und dann war das Mädchen das ganz Einzige, weil selbst seine beste Freundin das zu ‚peinlich' fand, nur zu zweit zu spielen ... und alleine konnte sie es schließlich nicht spielen.

Und am Anfang war sie mit drei, vier anderen Mädchen fast jeden Nachmittag noch in den nahen Wald gegangen, um dort zu spielen und herumzustromern, von Baumhäusern zu träumen, Prinz und Prinzessin zu spielen – und was Mädchen sonst noch so einfällt. Dann war ein Mädchen nach dem anderen weggeblieben, auch die Freundin, die nicht mehr in den Wald mitkommen mochte, und schließlich ging nur noch das Mädchen selbst in den Wald, noch immer fast jeden Tag.

Das Mädchen wusste eigentlich selbst nicht, was es dort jeden Tag machte – aber es ging einfach seine geliebten Wege entlang, fand sich träumerisch irgendwann abseits des Weges wieder, wie es sich irgendeine Hütte baute, allein mit sich Prinz und Prinzessin spielte, sich irgendwelche Lieder ausdachte oder Meisen, Rotkehlchen und Kraniche beobachtete. Hier im Wald vergaß das Mädchen regelmäßig die Zeit – und fast auch jede Traurigkeit. Nach Hause ging es dann erst, wenn es früh dunkel wurde, wenn es fror oder wenn eine innere Stimme irgendwann an die noch wartenden Hausaufgaben erinnerte.

*

Der Junge hatte sich gerade an sein Handy gewöhnt, als seine Eltern den Eindruck gewannen, dass es vielleicht doch keine so gute Idee gewesen war, ihm ein solches Gerät zu geben. Als sie es ihm vorsichtig wieder wegnehmen wollten, machte er einen Riesenaufstand, so dass sie von diesem Vorhaben schnell wieder abließen. Sie begrenzten stattdessen die Zeit, in der er auf dem Handy oder Tablet spielen durfte – aber auch dies wurde ein täglicher Kampf, und die Zeit wurde fast nie eingehalten, sondern immer überschritten. Einige Wochen lang hielten die Eltern dies durch, dann gaben sie immer mehr auf – und am Ende hatte der Junge das Gerät so lange wie vorher, nämlich so lange, wie er wollte ... oder wie das Gerät *ihn* wollte...

Eines Tages hatten die Eltern des Jungen die Idee, dass es doch vielleicht gut wäre, wenn er ein Musikinstrument lernen würde. Sie schlugen ihm vor, Flöte, Gitarre, Klavier oder welches Instrument auch immer zu lernen, er solle sich einfach eines aussuchen. Aber der Junge wollte gar nicht – nicht einmal Schlagzeug interessierte ihn. Stattdessen fragte er nur: ,Was bringt mir das?'

Das war nicht das erste Mal, dass der Junge diese Frage stellte. Er hatte schon ein paar Wochen vorher damit begonnen. Die Eltern hatten das zunächst nicht beachtet, weil sie meinten, er habe das nur in der Schule aufgeschnappt. Aber als sie den Eindruck gewannen, dass diese Frage ernst gemeint war – und das war genau jetzt der Fall, wo es um das Musikinstrument ging –, da wussten sie keine Antwort. Der Vater setzte zu einer typischen Erwachsenenerklärung an, etwa in der Art: ‚Das wird dir Spaß machen, du wirst schon sehen, und außerdem ist es was Sinnvolles.' Aber der Junge antwortete nur: ‚Nein'. ‚Wie nein?', fragte der Vater. ‚Ich will nicht.', erwiderte der Junge. Damit war die Sache erledigt.

*

In der Schule gingen der Junge und das Mädchen in die vierte Klasse, die nun bald zu Ende ging. Die meisten Kinder hatten schon gemerkt, dass Schule langweilig und anstrengend und das Gegenteil von ‚Schulschluss' und Freizeit war. Sie machten, was man eben machen musste – und manchmal auch weniger als das. Das Mädchen aber machte alles gerne. Alle Aufgaben, die die Lehrer verteilten, alle Hausaufgaben, die man bekam, ja sogar Sonderaufgaben, die manche Lehrer sich für sie ausdachten. Auf diese verwendete es sogar eine ganz besondere Mühe, als würde sie sich an der Herausforderung freuen.

Den anderen Kindern fiel erst nach und nach auf, dass sie nicht alle gleich waren. Aber als es ihnen dann auffiel, dass dieses eine Mädchen anders war – jedes Kind ist anders, aber dieses Mädchen war *besonders* anders –, da reagierten mehrere Kinder, wie es manche Kinder nun einmal tun, besonders in so einem Fall. Besonders die Jungen, aber auch einige Mädchen begannen, das Mädchen zu hänseln. Ihre beste Freundin verteidigte sie, aber sie war auch nicht immer zur Stelle, denn inzwischen hatte sie noch andere Freundinnen.

Immer wenn es gehänselt wurde, verstand das Mädchen die Welt nicht mehr. Warum tat man so etwas? Was gab einem ‚Freude' daran, jemanden zu hänseln? Das Herz des Mädchens hatte unendlich leidvolle Fragen, und keine davon konnte beantwortet werden – hilflos litt und lebte das Mädchen mit seinen Fragen und flüchtete sich noch mehr in den Wald. Seinen Eltern erzählte es nichts davon, diese waren einfach nur stolz auf ihre lerneifrige Tochter und ahnten jedenfalls sehr wenig von dem Leid des Mädchens. Die Vögel im Wald wussten viel mehr von dem, was des Mädchens Herz belastete...

*

Eines Tages hatte der Junge Geburtstag. Er bekam die großen Kopfhörer, die er sich gewünscht hatte. Und er fragte an seinem Geburtstag nach einem eigenen PC, weil einige Jungen in seiner Klasse schon einen hatten. Die Eltern zögerten und verneinten schließlich, dass dies schon ‚dran' sei, worauf der Geburtstag fast in schlechter Laune versank. Der Junge feierte dann mit drei Freunden, aber wenn die Eltern ins Zimmer schauten, waren die Handys fast immer mit dabei – und die Jungen redeten über das, was in den Geräten zu finden war...

Abends erwähnten seine Eltern dann noch das Geschenk der Tante – ein Buch. Der Junge ging kaum darauf ein. ‚Lies es mal!', regte der Vater an. Wieder reagierte der Junge lustlos. ‚Das ist bestimmt ein gutes Buch, Tante Hanna schenkt gute Sachen', meinte auch die Mutter. ‚Und was bringt mir das?', fragte der Junge. Wieder waren die Eltern ratlos...

Am nächsten Tag war er dabei, als einige andere Jungen das Mädchen am Schuleingang hänselten, und er rief eifrig mit ihnen mit: ‚Ach – da kommt ja die *Streberin* wieder! Hallo Streberin!'

Das Mädchen zuckte sichtlich zusammen, dann schaute es ihn, gerade ihn, mit großen, großen Augen an – und kurz spürte er einen feinen Stich in seinem Inneren, aber schon bald vergaß er ihn wieder.

*

An diesem Tag ging das Mädchen in den Wald so traurig wie noch nie. Es war auch in den anderen Pausen immer wieder gehänselt worden – wie wenn eine ansteckende Krankheit sich immer weiter ausbreitete. Ihre beste Freundin stand ihr zuerst tapfer bei, aber vielleicht auch nur ein wenig halbherzig. Und an keinem früheren Tag hatte das Mädchen so viel Leid getragen. Als sie im Wald ankam, sank sie am Fuße ihres Lieblingsbaumes nieder und weinte bitterlich, ihr Gesicht in den Händen verborgen...

Als sie aufblickte, stand ein Engel vor ihr. Es konnte nur ein Engel sein, obwohl sie ihn niemandem hätte beschreiben können – auch hätte ihr sowieso niemand geglaubt. Es war aber einer, sie hatte nicht einen Moment lang Zweifel daran. Auch der Engel hatte große Augen, aber es waren keine Menschenaugen. Und sie waren auch nicht traurig, sondern sie bestanden aus *Liebe*. Und das Mädchen fühlte etwas sehr, sehr Heißes in sich aufsteigen, aber das war nur die unfassbar staunende Dankbarkeit und ein unsäglicher *Trost*. Und dann war das Wesen auch schon wieder verschwunden.

Später wusste das Mädchen nicht einmal, wie lange es den Engel gesehen hatte – aber selbst, wenn es nur ein Moment gewesen wäre, wäre dieser eine Moment wertvoller gewesen als hundert Jahre von anderen Momenten. Mit niemandem konnte das Mädchen darüber sprechen, mit niemandem. Aber von da an ging es leichter. Es war, wie wenn alle Hänseleien an ihr abperlten. Sie taten noch weh. Aber sie perlten ab wie klares Wasser an einem Regenmantel. Und die Vögel sangen wieder fröhlich, und das Mädchen verstand, was sie sangen. Es erlebte das Glück der Kreaturen – und seine Liebe zu den Wesen der Welt vertiefte sich weiter.

Nach dem Sommer kamen das Mädchen und der Junge in die fünfte Klasse.

Das Mädchen hatte mit seinen Eltern erst eine Woche bei seiner Oma verbracht, die in einem Örtchen anderthalb Stunden entfernt lebte. Diese Oma besaß ein kleines Häuschen, in dem alles noch unglaublich alt war, weil sie es offenbar bereits von *ihren* Großeltern geerbt hatte. Es gab sogar noch einen uralten Holzofenherd, der aber nicht mehr benutzt wurde. Es gab eine alte tickende Standuhr, seltsame alte Bilder an der Wand, bei denen man sich alles mögliche vorstellen konnte, alte Decken auf dem Sofa, Stickereien auf kleinen Beistelltischen und tausend andere Dinge, die man nicht alle beschreiben konnte, weil sie allein fast schon ein Buch füllen würden.

Das Mädchen liebte diese Oma über alles und war jedes Mal überglücklich, wenn die Eltern mit ihr zu ihr fuhren. Und je älter es wurde, desto mehr erlebte es, desto mehr verstand es jedenfalls und desto mehr wurde ihm auch bewusst, wie sehr es diese Oma liebte. In den ersten drei Tagen glaubte es, nie glücklicher gewesen zu sein als jetzt. Doch dann erlebte es zum ersten Mal auch etwas anderes bewusst mit: Zwischen Oma und Mama und Papa kam es zu Spannungen, die einmal auch in einen richtigen Streit mündeten. Sie verstand nicht, wie das sein konnte; sie verstand nicht den Grund, sie litt nur entsetzlich unter dem, was geschah, vor ihren Augen. Sie war so geschockt, dass sie nicht darauf achten konnte, wie dies alles zusammenhing.

Aber als sie etwas später mit ihrer Oma allein war, weil ihre Eltern einen Spaziergang machten – wütend, so viel hatte sie mitbekommen – und sie, als sie dazu aufgefordert wurde, mitzukommen, sich verwirrt geweigert hatte, da war es die Oma selbst, die darauf zurückkam.

Erst fühlte das Mädchen sich von den lieben, seltsam wissenden Augen der Oma angeschaut. Dann sagte diese mitfühlend:

„Das war jetzt gar nicht schön, dass Renate und Werner vor deinen Augen wieder anfingen!"

Sie schämte sich noch immer und fragte nur sehr zögernd, leidvoll: „Was *war* denn, Oma...?"

Oma war eine schöne Frau, mit ihren weißen, ziemlich langen Haaren, sanft und mutig zugleich. Sie war schon über achtzig, weil sie ihren – des Mädchens – Vater damals sehr spät als letztes Kind bekommen hatte.

„Ach, nichts!", erwiderte die Oma fast hart. Doch dann fuhr sie sogleich fort: „Es passt ihnen nur alles wieder mal nicht. Es ist eigentlich immer dasselbe: Sie *wollen* gar nicht hierherkommen. Sie fühlen sich nur verpflichtet – als müssten sie es! Erwarte ich es etwa? Nein! Na gut, wegen dir erwarte, nein, erhoffe ich es schon, aber eigentlich müssten sie gar nicht mehr *mitkommen*! Wie auch – du bist doch inzwischen ein großes Mädchen! Warum machen sie sich nicht einfach eine schöne Woche und lassen dich allein kommen? Aber ich sage es dir, warum: Werner hätte dann ein schlechtes Gewissen. Er *denkt*, er muss mich einmal im Jahr doch auch besuchen. Aber weißt du, er ist ein erwachsener Mann, und er muss *gar* nichts. Ich habe ihn geboren und er lebt sein Leben, und warum sollte er mich besuchen müssen? Seit wann muss man *überhaupt* etwas? Man muss nur leben und sterben, das ist alles. Aber dieses ganze ... *So-tun-als-ob* ... das macht mich wahnsinnig!"

Das Mädchen war von diesen Offenbarungen so erschlagen, dass es überhaupt nicht antworten konnte.

Die Oma sah es und sagte mit sehr sanfter, gütiger Stimme: „Tut mir leid... Das war vielleicht doch viel zu viel für dich... Das habe ich nicht bedacht..."

Nun kam sich das Mädchen merkwürdig klein vor, was es doch nicht mehr sein sollte – und sich auch nicht so fühlte.

„Nein...", erwiderte sie hilflos. „Es ist nur..."

„Ich weiß schon...", erwiderte die Oma. „Komm mal her..."

Und dann kam das Mädchen und kuschelte sich an die Oma und fühlte ihren warmen, tröstenden Arm um sich, und es musste überhaupt nichts mehr gesprochen werden. Und das Mädchen fühlte nur noch einen heißen Kloß in seinem Hals, weil es seine Oma so wahnsinnig lieb hatte...

Zwei weitere Wochen verbrachte das Mädchen mit seinen Eltern auf Gran Canaria, was auch schön war, aber es ertappte sich immer wieder dabei, dass es zurück an seine Oma dachte. Es schrieb ihr auch mehrere Postkarten. Und die letzten drei Wochen verbrachte das Mädchen allein zu Hause. Auch jetzt dachte es mehrmals daran, zu seiner Oma zu fahren – aber es wagte nicht, seine Eltern zu fragen. So hatte es zu allen Seiten ein schlechtes Gewissen, sogar sich selbst gegenüber... Aber es gab auch viele glückliche Stunden, wo es einfach nur durch den Wald streifte, allein mit dem Blühen, dem Duft, der Stille, die nur durchzogen war von dem leisen Brummen einer Hummel, dem Zwitschern der Vögel, wenn es nicht *zu* heiß wurde, dem Sich-Wiegen des Weidenröschens auf den Kahlschlägen im sanften Sommerwind und dem Geheimnis hütender Wesen, die sie vielleicht irgendwann einmal auch gesehen hatte, jetzt aber nicht mehr...

Der Junge fuhr mit seinen Eltern in die Berge. Nach drei Tagen gemeinsamer Wanderungen sträubte er sich immer mehr. Er fand es zu anstrengend. Er fragte auch jetzt wieder: ‚Was bringt mir das?' Und seine Eltern fanden auch jetzt wieder keine Antworten, die ihm diese Frage beantworteten. Sie verwiesen auf die Schönheit der Berge, er aber verwies auf das Anstrengende des Wanderns, ja auf das Langweilige. Er wollte lieber in der Ferienhütte sitzen und an seinem Tablet oder Smartphone spielen – was man auf den Wanderungen nicht einmal bei den Pausen konnte, weil es in den ‚blöden Bergen' keinen ‚Empfang' gab.

Als dann die Schule wieder anfing, fingen für das Mädchen auch die Hänseleien wieder an. Sehr bald gab es auch die ersten Tests, denn die fünfte Klasse war schon etwas anderes als das Bisherige. Der Junge war recht gut in Mathematik, nicht, weil er sich sonderlich Mühe gab mit den Hausaufgaben, sondern weil es ihm bisher immer einfach ‚zugefallen' war, ihm einfach leicht fiel. Er merkte, dass sein Sitznachbar vorsichtig zu ihm hinschielte und von ihm abschrieb – und genoss das Gefühl, wichtig zu sein.

Auch das Mädchen, das ja immer fleißig war, konnte alle Aufgaben ohne jede Schwierigkeit lösen. Und auch sie merkte, dass der neben ihr sitzende Junge versuchte, von ihrem Blatt abzuschreiben. Es war aber einer derer, die sie in den Pausen immer wieder hänselten. Aus einem schmerzlichen Impuls heraus hielt sie unmittelbar den ganzen linken Arm vor ihr Blatt, um es und alles darauf allein und ehrlich Gerechnete zu schützen. Dann aber spürte sie in ihrem eigenen Herzen eine tiefe Verwirrung, etwas kämpfte in ihr, und schließlich ließ sie die Hand sanft sinken und zog auch den Arm möglichst unauffällig wieder weg...

Dieser Junge gehörte nicht mehr zu denen, die bei Schulschluss, wenn sie nach Hause ging, ihr nachriefen: ‚Bis morgen, Streber-Lise!' Oder: ‚Tschüss, Schleimi! Hast du heute wieder überall rumgeschleimt?' Der Nachbarjunge stand immer wieder mit bei diesen anderen Jungen, die so gemein waren, aber er rief nicht mit. Für das Mädchen war es gleich – er stand ja auch da...

Wenn sie so gequält wurde, konnte sie sich danach noch stundenlang selbst quälen, in ihrem eigenen Zimmer oder im Wald, wenn sie ziellos auf den Wegen dahinstreifte. Sie fragte sich dann nicht nur immer wieder, was sie ohnehin nicht verstehen konnte: Wie man so sein konnte? Sondern sie fragte sich tatsächlich auch stunden- und tagelang, ob sie wirklich eine Streberin oder sogar eine Schleimerin war. Aber eine Schleimerin wollte doch vor allem einen guten Eindruck bei den Lehrern und Lehrerinnen machen. Wollte sie das etwa? Ja, vielleicht wollte sie das – aber war das denn die Hauptsache? Machten ihr die einzelnen Fächer nicht auch *einfach so* Freude? Und wieso taten sie es denn bei den anderen nicht? Wieso nur bei ihr? Weil sie eine Schleimerin war? Und so drehten sich ihre Gedanken ständig im Kreis, bis sie sich irgendwann erlösend zurückzogen und sie endlich nur der liebe Wald wieder umgab oder sie sich in ihrem Zimmer wiederfand und an die Hausaufgaben machte...

Der Junge hatte sich stets bereits zuvor an die Aufgaben gesetzt, sie mehr oder weniger lustlos erledigt und sich dann seinem fast einzigen ‚Hobby' gewidmet: den Bildschirmen. Ohne dass er es merkte – wie soll so ein Junge so etwas auch merken – bestimmten sie zunehmend sein Leben. Es gab *so* unendlich viele Dinge, die man über diese Bildschirme sehen, erreichen, wissen, ausprobieren, genießen, konsumieren, spielen, anschauen, entdecken, aufsaugen und machen konnte, dass er bei immer mehr Dingen, die nichts *damit* zu tun hatten, immer früher fragte: ‚Und was bringt mir das?'

Seine Eltern fanden, dass er nun alt genug war, im gemeinsamen Leben einige kleine Aufgaben zu erledigen, etwa den Müll, wenn er voll war, hinauszubringen oder kleine Einkäufe zu erledigen. Der Junge verstand sehr gut, dass er sich diesen Pflichten nicht einfach entziehen konnte, aber er übernahm sie lustlos und verstand es, seinen Eltern fast ein schlechtes Gewissen dafür zu machen, dass sie einem Kind *überhaupt* Pflichten auferlegten.

*

Außerdem gab es in der fünften Klasse Schwimmunterricht. Zwar konnten alle Kinder schon schwimmen, dennoch gehörte es zum Stundenplan. Jeden Donnerstag in der letzten Stunde zog also die Klasse zum örtlichen Stadtbad und die beiden Lehrer versuchten, die Klasse Bahnen schwimmen zu lassen, ohne dass das Ganze in viel Geschrei und Chaos endete. Am schlimmsten fand das Mädchen, sich ausziehen zu müssen, sich in einem Einteiler oder gar Bikini den Blicken aller aussetzen zu müssen. Viele Mädchen, auch sie, bekamen bereits zart Brüste, und sie fand es tief ungerecht, dass Jungen so etwas *nicht* bekamen – und das nur bei ihr sich alles veränderte.

Das Mädchen spürte die Blicke der Jungen – und sie erlebte mit, wie die Jungen immer wieder kicherten und tuschelten, weil einige Mädchen schon etwas deutlicher Brüste hatten. Sie fand es abgrundtief gemein, dass dies geschah, aber sie war ja wehrlos – wie alle anderen Mädchen preisgegeben. Dass die Jungen von diesen so verletzlich wachsenden Rundungen auch *angezogen* waren, verstand sie nur ganz leise im hintersten Winkel ihres Bewusstseins... Was sie allerdings *nicht* verstand, war, wie einige Mädchen damit – mit ihrem Körper und den Reaktionen der Jungen – so selbstverständlich umgehen konnten, als wäre dies gar nicht schlimm. Ja, einige Mädchen kicherten und tuschelten sogar ebenfalls und schienen offenbar nicht das geringste Problem zu haben...

*

Es gab sogar einen Tag, wo das Mädchen über diese Geräte nachdachte – über Tablets, Smartphones und all das. Es war ein warmer Herbsttag, und sie hatte sich wieder am Fuße ihres Lieblingsbaumes niedergelassen, und nun dachte sie nach. Inzwischen hatten alle Mädchen außer ihr ein Smartphone – und die Jungen vermutlich auch alle. Sie hätte sicher auch eines gehabt, haben können, wenn sie es gewollt hätte. Sie hatte aber nicht.

Es war im Grunde nicht einmal wirklich ein Nachdenken, es war eher ein Nach*sinnen*, was in dem Mädchen vorging. Es stellte sich all die anderen Kinder vor, wie sie immer mit diesen Dingern herumgingen, auf sie starrten, sich über sie unterhielten, dann teilweise *noch immer* darauf starrend, anstatt sich gegenseitig anschauend; sie stellte sich vor, wie diese anderen Kinder auch zu Hause damit beschäftigt waren, sich vielleicht sogar gegenseitig anriefen, nur um erneut über das zu reden, was sie auf diesen Geräten gesehen hatten und durch sie wussten. Sie sann so viel darüber nach, dass es ihr am Ende vorkam wie ein unendlicher Strom, der sich selbst in den Schwanz biss, dass ihr ganz schwindlig wurde und sie aufhören musste. Sie verstand es ja sowieso nicht...

Das Mädchen verstand nicht, wie man eine Stunde Bildschirme gegen eine *einzige* Minute hier im Wald tauschen konnte oder je wollen würde. Hier inmitten der vertrauten und doch immer neuen Gerüche, Geräusche, Eindrücke und Regungen des Lebens. Hier, wo die Jahreszeiten unmerklich einander abwechselten und wo jede Jahreszeit wieder neu die schönste war, und wo der Herbst bald wieder die Pilze sprießen lassen würde, wo jeder einzelne Pilz etwas Besonderes war, jeder einzelne Baum, jedes einzelne Kraut, ja sogar jedes heruntergefallene *Blatt*. Wo man sich so unbeschreiblich wohl fühlte, so geborgen, so glücklich, so aufgehoben, so verbunden mit allem – und stattdessen auf einen *Bildschirm* starren!?

18

So verging auch das fünfte Schuljahr.

In den Sommerferien verlebte der Junge drei anstrengende Wochen am Meer, was ihm zwar besser gefiel als die Berge, aber wenn seine Eltern etwas anderes machen wollten, als am Strand zu liegen – wo es sogar *auch* irgendwann langweilig wurde – stand er immer wieder vor der ihn und vor allem seine Eltern quälenden Frage: ‚Was bringt mir das?'

Das Mädchen erlebte mit seinen Eltern eine weitere konfliktreiche Woche bei seiner Oma mit, noch quälender als im Jahr zuvor. Am Ende setzte die Oma durch, dass sie *nicht* mehr kommen würden, sondern nur noch sie allein schicken sollten...

Die sechste Klasse verging für das Mädchen seltsam ruhig. Sie stellte machtlos fest, dass sie sich von den anderen Mädchen immer mehr unterschied – nicht weil *sie* sich veränderte, sondern weil die anderen Mädchen immer mehr anders wurden. Die ersten begannen mit Ohrringen und Kettchen, und manche schminkten sich sogar schon vorsichtig die Augen. Sie verstand das alles nicht. Sie fühlte dunkel, dass man das als Mädchen offenbar wollen konnte – aber sie selbst hatte nicht das geringste Bedürfnis danach. Auch nicht nach den ‚Mädchenzeitschriften', die sich mehrere Mädchen jetzt kauften. Sie hatte einmal in eine hineingeschaut.

Auch dort war nur von Schmuck, Stars, Schminke, Freundschaft, ‚Anmachen' und ‚erstem Sex' die Rede. Sie hatte nicht gewusst, warum auch nur *eines* davon jemanden wirklich interessieren konnte – sie selbst vermisste nur eine echte Freundin, denn ihre beste Freundin hatte sich nun endgültig den anderen Mädchen zugewandt. Sie hatten nicht einmal wirklich darüber gesprochen. Das Ganze verlief so wortlos, dass selbst *das* unendlich geschmerzt hatte. Und sie hatte das Gefühl, als ob sie nicht *wert* sei, eine Freundin zu haben. Als ob sie mit einem unsichtbaren ‚Fluch' belegt sei, weil sie nicht den Wunsch hatte, sich zu schminken, Zeitschriften zu kaufen oder über den noch in der Zukunft liegenden ‚ersten Sex' zu tuscheln...

Aber sie konnte sich doch nicht *gewaltsam* ändern...

Die Jungen wiederum blieben auch sehr ruhig, für die Mädchen ein wenig unsichtbar. Irgendwie zogen sich beide Geschlechter bis zu einem Maximum voneinander zurück – und das, *obwohl* die Mädchen sich doch offenbar schön zu machen begannen, um gesehen zu werden. Das Mädchen verstand dies nicht, aber sie war dankbar dafür, dass sie nun auch weniger gehänselt wurde. Vielleicht hatte es auch ein wenig damit zu tun, dass die gemeinsame Zeit für viele ohnehin zu Ende gehen würde, denn nicht alle würden auf das sogenannte ‚Gymnasium' wechseln.

Und seltsam verlief dieses Schuljahr auch für den Jungen. Es war, wie wenn sich seine Grundfrage ‚Und was bringt mir das' nun endgültig etablierte, ohne dass man noch groß Aufhebens darum machen musste. Es wurde endgültig eine Art *Grundeinstellung* von ihm – wie ja auch von den meisten anderen Jungen, mit denen er Kontakt hatte. Alles, was ihm entgegenkam, prüfte er zuerst auf diese Frage hin – und wenn er nicht das Gefühl hatte, es könne ihm etwas ‚bringen', schaltete er auf ‚Abwehrhaltung', so wie man bei einem Computer sozusagen die Schriftart einstellt – oder einen Bildschirmschoner einrichtet. Ein Klick und entweder ‚Nein danke' oder ‚Okay, genehmigt'.

*

Als das Mädchen dann in den darauffolgenden Sommerferien – es war gerade zwölf geworden und hatte seine erste Periode bekommen – allein zu seiner Oma fuhr, da waren diese drei Wochen für das Mädchen wie ein Paradies. Es war wunschlos glücklich, und zugleich wurden alle seine Wünsche erfüllt – ohne dass es gewusst hätte, dass es diese Wünsche hatte. Aber nach diesen einundzwanzig Tagen war das Mädchen getröstet, gestärkt, gereift, beschenkt und wie neu getauft...

Dann kam das Gymnasium. Knapp die Hälfte der Klasse blieb erhalten, die andere Hälfte kam nun aus einer anderen Grundschule. Es ergaben sich völlig neue Konstellationen, neue Freundschaften entstanden, neue Cliquen.

Nur das Mädchen sah vor seinen Augen immer mehr eine *fremde Welt* auftauchen. Die anderen Mädchen entfernten sich von ihr immer mehr, und immer weniger gab es überhaupt andere Mädchen, die auch nur irgendeine *Ähnlichkeit* mit ihr zu haben schienen. Alles ging in die Richtung jenes einen Stromes, den sie ja schon in der sechsten Klasse zu spüren begonnen hatte und der jetzt alles mitzureißen schien: ‚Mädchen werden'.

Wieder einmal saß sie am Fuße ihres Lieblingsbaumes, aber geradezu furchtsam stellte sie fest, dass sogar der Wald ihr ein Stückweit fremd zu werden begann. Was geschah hier? Wohin verschwand das Bisherige, all die Jahre so Geliebte? Sie wollte es doch *weiterhin* lieben! Und dann wieder die verwirrende Umgebung der anderen Mädchen. War sie etwa *kein* Mädchen, wenn sie sich nicht schminkte? Wenn sie keine Kettchen trug, Ohrringe, farbige Haargummis oder Armreifen? War sie dann automatisch kein Mädchen? Gehörte sie dann nicht mehr dazu? Aber was war sie dann? Sie *fühlte* sich doch als Mädchen! Sie fühlte sogar sehr deutlich, dass ein Mädchen das alles nicht machen *müsse*. Aber warum war sie dann damit so allein?

Und jetzt entzog sich ihr auch noch ihr geliebter Wald? Was hatte sie denn falsch gemacht? Bestrafte auch er sie nun? Weil sie nicht ‚Mädchen' wurde wie alle anderen? Aber würde er denn wie früher ganz zurückkommen, *wenn* sie so wurde wie alle anderen? Doch sicher nicht? Wieso schien es, dass sie alles verlor, was sie hatte?

Aber hatte ihre geliebte Oma nicht auch davon gesprochen? Hatte sie es vielleicht nur nicht verstanden? Oma *hatte* doch von Veränderungen gesprochen – so liebevoll, so gütig, so weise, so warmherzig. Hatte sie nur nicht verstanden, dass damit tatsächlich gemeint war, dass sich *alles* ändern würde? Aber warum hatte sie

21

dann davon wie von etwas Schönem gesprochen? Das Mädchen empfand es als etwas zutiefst Schreckliches, dass sie den Wald zu verlieren zu beginnen schien.

*

In ihrer Not fuhr sie in den Herbstferien von neuem zur Oma. Sie war nun selbstständig genug. Beim ersten Mal hatten ihr ihre Eltern noch ganz genau erklären müssen, wann der Zug fuhr, auf welchem Bahnsteig sie einsteigen müsste, wo sie in den anderen Zug umsteigen müsse, wann dieser käme und wo sie genau aussteigen müsse – und sie hatte sich alles sorgfältigst aufgeschrieben. Nun wusste sie es und konnte es. Sie hatte sogar gelernt, es selbst auf ihrem Smartphone herauszusuchen, das sie in den Sommerferien nun doch auch ebenfalls bekommen hatte – ohne es für mehr zu benutzen als für solche oder ähnliche Zwecke.

Als sie bei ihrer Oma ankam, war sie voller Hoffnung und überglücklich – allein nur, eine Woche bei ihr sein zu dürfen.

Allein nur, auf dem Sofa der Oma sitzen zu können – mit allem, was hier war, die alte Standuhr und die hundert anderen Dinge und vor allem sie *selbst*, ihre geliebte Oma, aber eben wirklich alles ... allein schon dies erfüllte sie mit einem Glück, das sie sonst nur vom und im Wald gekannt hatte. Jetzt blieb ihr also nur noch *dies*...

Ihre Oma war so lieb und so gütig, dass sie sich nie zu etwas gedrängt fühlte – im Gegenteil, sie hatte das Gefühl, dass ihre Oma sogar *wartete*, bis sie von sich aus über etwas sprach. Schließlich nahm ihre leidvolle Frage überhand, und sie begann, ihr Herz zu erleichtern:

„Oma ... ist es wirklich so, dass alles anders wird, wenn man ... eben *älter* wird?"
Ihre Oma lächelte und bejahte diese Frage.
„Aber ... geht dann auch das *Schöne* verloren?"
„Nein. Das muss es nicht. Was meinst du?"

Leidvoll versuchte das Mädchen, Worte zu finden – aber wie sollte man es überhaupt ausdrücken?

„Ich ... ich habe das Gefühl, dass der Wald sich vor mir *zurückzieht*."

Plötzlich hatte sie Tränen in den Augen. Ihre Oma sah es, und da musste sie sogar noch hilflos aufschluchzen. Sie begann, zu weinen, und sagte:

„Oma – es zieht sich alles zurück! Alles! Ich bin immer mehr *allein*... Ganz allein... Sogar der Wald – –"

Nun brach ihre Stimme und sie konnte nur noch schluchzen. Aber da spürte sie bereits den Arm ihrer Oma, die sich neben sie gesetzt hatte, und hilflos warf sie sich in ihre Arme...

Tröstend spürte sie ihre Hand auf ihrem Haar – und ganz langsam ließ die Erschütterung wieder nach, und ihre Seele beruhigte sich wieder ein wenig. Und dann hörte sie die Stimme der geliebten Oma, der sie hingebungsvoll zuhörte:

„Weißt du... Du bist ein wundervolles Mädchen... Deine Seele ist wie ein großes Auge... Fragend blickst du in die Welt. *Liebend*... Voller Aufrichtigkeit. Das ist es eigentlich: Aufrichtigkeit. Das heißt nicht, dass die anderen unaufrichtig wären. Und doch ... sind sie es in gewisser Hinsicht. Du aber nicht. Und siehst du ... eine aufrichtige Seele *sieht* die Schönheit der Dinge. Sie lebt mit ihnen, mit allem, und alles öffnet sich ihr, und so lebt eine solche Seele eigentlich in dem ‚großen Geheimnis'. Lassen wir es einmal bei diesem Wort. Du hast das getan. Und du warst die Einzige weit und breit. Ich habe das immer gesehen..."

Sie fühlte weiter die sanfte Hand ihrer Oma, die ihr Haar streichelte – und nach einer Pause wieder fortfuhr:

„Aber siehst du ... auch du wirst jetzt ein junges Mädchen ... bist auf dem Weg zur Frau. Das ist ein *heiliger* Weg, weißt du. Und auch das weiß niemand mehr – aber du wirst es wissen. Wir haben schon im Sommer darüber gesprochen. Ich weiß, dass du das alles wissen wirst. Alles – wann auch immer es an der Zeit ist. Der heilige Weg des Mädchens, ja...

Aber dazu gehört, dass die Kindheit langsam zurückweicht ... wie ein Bahnhof, wenn man im Zug sitzt. Das bedeutet nicht, dass er verlorengeht. Eine *Erinnerung* geht auch nicht verloren..."

„Aber der *Wald*, Oma!", klagte sie herzerweichend.
„Lass mich doch ausreden, Kind...", erwiderte diese warm. Und leise schämte sich das Mädchen und gab sich von neuem dem warmen Klang dieser geliebten Stimme hin.
„Die Kindheit geht verloren, ja... Aber es bleibt die *lebendige* Erinnerung. Und mit ‚lebendig' meine ich, dass sich etwas fortsetzt, was *nicht* verlorengeht. Nicht verlorengehen muss. Was sich eigentlich nur ... verwandelt, ja, einfach nur verwandelt. Und ich sage es dir ganz deutlich und ganz einfach: Der Wald *geht* dir nicht verloren. Er zieht sich auch nicht zurück. *Du* ziehst dich im Moment zurück – deine eigene Seele. Aber es ist wie die Verpuppung eines Schmetterlings, der zuerst eine Raupe ist. Er zieht sich zurück, um in seiner *ganzen* Schönheit wieder zu erscheinen. Und wenn du den Wald wirklich liebst, dann wird er *nach* dieser verwirrenden Phase in einem noch viel *tieferen* Reichtum wieder da sein – weil deine *Seele* eine noch viel größere Tiefe gewonnen haben wird. Gib diesem heiligen Prozess einfach ein bisschen Zeit, Kind. Er ist jetzt *dran*..."

Das Mädchen verstand von all diesen geheimnisvollen Worten nur die Hälfte, aber sie trösteten auf eine wunderbare, sanfte, zärtlich verheißungsvolle Weise.
„Ich *liebe* den Wald doch, Oma...", klagte sie beteuernd.
„Dann vertrau ihm auch", erwiderte diese. „Er lässt dich nicht im Stich. Ich weiß es. Ich kenne *dich*..."
Wieder musste das Mädchen leise weinen. Diesmal vor Rührung, vor schierer, hilfloser Liebe und Dankbarkeit...
„Ja, ich kenne dich...", murmelte ihre Oma leise und zärtlich.

*

Die Gruppe, in der der Junge sich nun vor allem bewegte, unterhielt sich nach den Herbstferien eine ganze Zeit lang immer wieder über dieses so aufregende, fremde Gebiet, das schon im Schwimmunterricht der fünften Klasse kurz aufgedämmert war: Sex. Unterhalten ist zuviel gesagt. Es ging um den menschlichen Körper und seine Geheimnisse. Man machte Witze über die Körper der Mädchen, das vor allem. Man sprach von ‚Titten' und von ‚Möse' oder auch ‚Muschi' – und man sprach auch von ‚Schwänzen' und was diese in der ‚Möse' machen konnten.

Eines Tages riefen einige Jungen, die sie an der Grundschule immer auf die andere Weise gehänselt hatten, dem Mädchen einfach nur ein Wort hinterher: ‚Möse!' Und das Mädchen war so geschockt, dass es nicht einmal mehr denken konnte, bis es mit ängstlichem Herzklopfen zu Hause angekommen war. Es fühlte eine Bedrohung, eine Entheiligung, etwas zutiefst Hässliches, Grobes, Gemeines – und es konnte all dies einfach nicht benennen.

Der Junge dagegen freute sich, dass er mit so ‚starken' und ‚coolen' Jungen zusammen sein konnte. Er hatte es zwar gemein gefunden, gerade dem Nachbarmädchen dieses Wort hinterher zu rufen, aber bei den anderen Mädchen machte auch er mit und genoss deren Unsicherheit, deren Scham, deren Rotwerden oder sogar deren kokett freche Erwiderungen.

Dann machte in der Runde dieser Jungen ein ‚Porno' die Runde. Einer, der immer wieder der Anführer sein wollte, hatte das Filmchen entdeckt und rumgeschickt, und nun war dies tagelang das Hauptgesprächsthema. Die Jungen schwankten zwischen Ekel und Faszination, zwischen dem Erblicken ihrer eigenen künftigen Männlichkeit und der Frage, ob *das* die sogenannte ‚Liebe' sein würde. Ein Junge behauptete, man müsse ein Mädchen ‚flachlegen' und dann ‚bumsen'. Ein anderer behauptete oder fantasierte, Mädchen würden es mögen, wenn man ‚ihre Titten ganz doll zusammenpresst'. Und einer behauptete, man könne auch ‚von hinten Sex machen'. Dann wurde diskutiert, ob man sich danach ‚die Kacke vom Schwanz abwischen' müsse oder wie das dann wäre.

Der Junge konnte sich der Faszination dieser Diskussionen nicht entziehen – sie hatten genau so eine Sogwirkung wie die Bildschirme selbst... Schließlich suchte er sogar selbst nach diesen offenbar doch verbotenen ‚Pornos' und fand Seiten mit Bildern, die ihn auf unwiderstehliche Weise erregten, obwohl er sie auch irgendwo sehr eklig fand. Dennoch betrachtete er sie und begann in dieser Zeit auch, sich selbst zu befriedigen...

*

Das Mädchen ging auch weiter in den Wald, ratlos, verwirrt, wie auf schwankendem Boden. Sie versuchte, irgendetwas zu verstehen, was nicht zu verstehen war, sondern nur abzuwarten, wie ihre Oma gesagt hatte. Sie versuchte, ihr bisheriges Erleben festzuhalten, nicht zu verlieren, sie umarmte ihren Lieblingsbaum, drückte ihre Wange an seine harte Borke, hauchte ihm sogar einen scheuen, zärtlichen Kuss auf das harte, außen tote Holz – und war zuletzt sogar verwirrt von ihren eigenen Handlungen und Empfindungen. Sie kniete sich auf den Waldboden, betrachtete zärtlich einen Mistkäfer, der sich vorwärts mühte, hockte dann wiederum lange Zeit vor einem Ameisenhaufen und betrachtete das emsige Treiben, folgte dem Weg einzelner Tierchen, bis sie sie wieder verlor, und fragte sich, ob ein Mädchenleben *weniger* verwirrend war als dieses absolut nicht überschaubare Gemenge...

Der Junge wiederum entdeckte in der siebten Klasse endlich ein Interesse *außerhalb* der Bildschirme: Fußball. Einige Jungen aus der anderen Grundschule waren im örtlichen Verein, und dies animierte weitere, ihnen zu folgen. Und so trainierte auch er erst ein-, dann zweimal pro Woche, und am Wochenende gab es meist ein Spiel.

Das änderte jedoch nichts an seiner übrigen Haltung, es machte ihn im Gegenteil noch selbstständiger und noch beharrlicher. Obwohl er bereits dunkel vorausahnte, dass es nicht ewig so weitergehen könne, begann er, sich auf diese Weise erst recht einzurichten und nichts an sich heranzulassen, was nicht vorher die Frage durchlaufen hatte: ‚Was bringt mir das?'

Schon hatte das achte Schuljahr begonnen – und nun waren bereits alle dreizehn Jahre alt, manche sogar schon vierzehn. Die ersten Freundschaften hatten sich bereits im letzten Schuljahr gebildet – zwischen Jungen und Mädchen wohlgemerkt. Manche Mädchen gingen auch mit Jungen aus der höheren, neunten Klasse, und die, die dies taten, fühlten sich bereits besonders ‚erwachsen'. Manche von ihnen ‚knutschten' öffentlich auf dem Schulhof herum, manche suchten sich heimliche Ecken oder taten es überhaupt erst nach der Schule.

Und das Seltsame geschah – der Junge verliebte sich in das Nachbarmädchen...

Er realisierte es erst selbst nicht. Erst nach und nach wurde ihm bewusst, dass er ihr mit den Blicken folgte. Dass er es als absolut unrichtig empfand, wenn sie gehänselt wurde – nun immer mehr vor allem von den Mädchen, die ihr ‚Kindchen' hinterher riefen, oder: ‚Warst du heute auch wieder *brav* genug?' Er bemerkte auch, dass er in der Klasse zu ihr hinüberblickte. Dass er ihr langes Haar bewunderte. Dass er sich vorstellte, wie sie wohl in zarter *Mädchenunterwäsche* aussehen mochte... Dass er sich wünschte, sie würde auch ihn einmal ansehen, und sei es nur *zufällig* für einen längeren als nur ganz kurzen Moment...

Schließlich war es dem Jungen ganz deutlich, dass er sich in dieses Mädchen verliebt hatte. Sie ging ihm immer weniger aus dem Kopf. Zuletzt musste er Tag und Nacht an sie denken. Sogar dann, wenn er es wieder tat: sich selbst zu befriedigen. Er schämt sich dabei – für sein Tun, aber mehr noch dafür, dabei an *sie* zu denken. Er verdrängte sie dann aus seinen Gedanken und konnte es doch nicht vollständig. Hinterher schämte er sich erst recht in Grund und Boden, *sie* damit beschmutzt zu haben. Er bat sie innerlich um Verzeihung und schwor, es nicht wieder zu tun. Aber wenn er das nächste Mal wieder seine drängenden Gefühle erleichtern musste, war auch ihr Bild wieder anwesend...

Seine Sehnsucht nach ihre Nähe nahm immer mehr zu. In einer Projektwoche wählte er wie ‚zufällig' dasselbe Projekt wie sie und war selig, in ihrer Nähe sein zu können. Sie, ihre Nähe, betörte ihn geradezu, ließ ihn fast schwindeln, er wusste nicht warum, aber er dankte gleichsam Gott und aller Welt, dass er in diesem Zustand sein durfte...

Dann aber war die Woche auch wieder zu Ende – und er litt mehr als vorher. Er wusste nicht, was er tun sollte.

Schließlich nahm er allen Mut zusammen und fragte am Ende eines langen Schultages kurz hinter dem Schultor, nachdem er ihr unauffällig bis dorthin hinterhergelaufen war:

„Ähm ... wollen wir miteinander gehen...?"

Das Mädchen hatte ihn mit großen, fast aufgerissenen Augen angesehen und dann gestammelt:

„Wie? Nein..."

Dann war sie schnell weggegangen und hatte ihn stehen lassen...

*

Der Junge war wie vor den Kopf geschlagen. Ihre eigene Scheu hatte ihn tief berührt, aber gleichzeitig hatte sie ihm alle Hoffnung genommen – und er hatte ihr nichts bedeutet. Nichts. Er war ratlos. Und fast geduckt wie ein geprügelter Hund ging er nach Hause.

Das Mädchen wiederum flüchtete sich in den Wald, wo es einmal mehr ziellos umherging, sich fragend, was diese *Frage* gesollt hatte! Sie wollte von diesem Jungen nicht das Geringste, und er hatte von ihr auch nie etwas gewollt. Ganz am Anfang hatte sie sich ihm verbundener gefühlt als den anderen, denn er war der *Nachbarsjunge*. Aber das war lange, lange vorbei. Er hatte dann die ganze Zeit bei all diesen anderen gestanden, die sie gehänselt, geärgert, verspottet und verfolgt hatten, all die Jahre lang. Nichts, rein gar nichts verband ihn mit ihr...

*

Von nun an fühlte sie seine Blicke. Und dies ließ sie fast verzweifeln. Wann immer sie ihn sah, fühlte sie auch seinen Blick, selbst wenn er genau dann wieder wegblickte. Sogar wenn sie aus dem Wald nach Hause zurückkehrte, sah sie manchmal eine winzige Bewegung der Gardine am Nachbarshaus. Sie schrieb auf den Waldweg, den nur sie entlangging: ‚Ich will nichts von dir!' Und oft verfolgte sein Blick sie auch zu Hause – aber quälend und als Last.

*

Eines Tages entschloss er sich, ihr in den Wald hinterher zu gehen – in sicherer Entfernung, einfach nur, um ihr zu folgen, ihr, diesem geliebten Wesen. Und vielleicht auch mit ihr sprechen zu können.

Mit klopfendem Herzen fühlte er sich fast wie ein Verbrecher, als er ihr so folgte, obwohl sie sich unbeobachtet glaubte. Gleichzeitig spürte er das Erregende dessen. Er sah ihre sanfte Gestalt vor sich, und Furcht und Sehnsucht lebten in ihm. Eigentlich musste sie ihn unbedingt sehen, sobald sie sich nur einmal umdrehte.

Nachdem er ihr in großem Abstand über eine halbe Stunde lang sehnsuchtsvoll gefolgt war, entdeckte sie ihn tatsächlich. Sie hatte sich gerade zu etwas hinuntergebeugt, und als sie wieder aufstand, sah sie ihn. Sie schien zu erstarren – aber auch er erstarrte vor unmittelbarem Schreck. Wenn er jetzt nichts tat, war alles verloren – sie würde ihn verachten. Er musste also zu ihr hingehen und so tun, als sei dies das Normalste der Welt. Kurz schien sie ihm entweichen und weitergehen zu wollen, dann aber blieb sie doch stehen, aber er sah, als er sie erreichte, wie alles in ihr aus Abwehr bestand.

„Ich bin nur zufällig auch hier langgegangen..."
„Das kannst du *sonst wem* erzählen!", erwiderte sie heftig.
„Okay", erwiderte er geschlagen. „Ich ... ich geb's ja zu. Ich bin dir hinterher gegangen..."

„Ich will nichts von dir!", rief sie und rannte nun den Weg zurück. „Lass mich in Ruhe! Lass mich wenigstens in meinem *Wald* in Ruhe!"

Erschüttert blieb er zurück. Nun kam er sich *wirklich* vor wie ein Verbrecher. Wie ein Verbrecher an ihrer zarten, unschuldigen Seele, in die er sich so verliebt hatte.

*

Das Mädchen erreichte heftig atmend sein Haus, war froh, nicht von der Mutter angesprochen zu werden, und warf sich auf sein Bett. Jetzt nahm er ihr auch noch ihren Wald! Sie schloss die Augen, verzweifelt, und alles schien um sie herum zusammenzustürzen – die Kindheit, der Wald, die Welt, und fast wünschte sie sich, dass es dies täte...

Es war wenige Tage später, als die Klasse sich in einer sechsten Stunde in den Chemieraum begab. Trostlos trottete der Junge am Ende hinter allen anderen her, aber kurz nachdem er den Raum betreten hatte, sagte der Lehrer: „Ach, Tom, kannst du bitte nochmal das Klassenbuch holen? Ich habe es in der Klasse liegenlassen." Er war froh über alles, was ihn ein wenig ablenkte, und so ging er fast gerne den Weg wieder zurück. Durch einsame Korridore, so einsam wie er selbst. In die verlassene Klasse, verlassen wie er...

Er erblickte das Klassenbuch, nahm es an sich und wollte schon wieder kehrtmachen, als er noch einen Blick zu ihrem Platz warf. Der Platz dieses rätselhaft und über alles geliebten Mädchens, das doch nichts von ihm wissen wollte. Und da sah er am Fuß ihres Tisches ihren Schulranzen stehen – und dieser verkörperte alles, was seine Besitzerin verkörperte. Und wie von einer unendlichen Sehnsucht getrieben, ging er zu ihrem Tisch und kniete sich vor ihrem Ranzen nieder.

Wie eine geheiligte Schatulle öffnete er ihn und blickte auf sein Inneres: Wohlgeordnete Hefte, wo seine eigene Schultasche aus einem Chaos bestand. Eine Brotbüchse für das Pausenbrot, das sie längst gegessen hatte. Er wünschte sich, er wäre ein Pausenbrot – dann würden ihre Hände ihn zumindest *berührt* haben... Er sah den Zirkelkasten, während bei ihm auch der Zirkel nur in das übrige Chaos hineingeworfen war, ein leeres Fach, wo sonst vielleicht ihr schönes Federmäppchen aus hellem Leder steckte – und ihr mit Stickereien verziertes Portemonnaie.
Fast magisch davon angezogen, nahm er es heraus. Er öffnete den Reißverschluss des länglichen Mäppchens und sah darin ihren Schülerausweis, etwas Kleingeld, einen Bleistift, ein Notizblöckchen und ein kleines Adressbuch. Er nahm es heraus, legte das übrige Mäppchen auf ihren Tisch und betrachtete die Seiten des Adressbüchleins. Es enthielt nur eine Handvoll Adressen. Eine aber fesselte seine Aufmerksamkeit. In schöner Handschrift stand dort ‚Oma', danach ein Doppelpunkt, dann in der nächsten Zeile ‚Emilie Weber' und dann folgte die Adresse.

Wie im Traum ging er zum Papierkorb, riss sich dort einen Zettel ab, kehrte zurück und schrieb mit einem Stift, den er an einem der Nachbarplätze fand, die Adresse ab. Dann verstaute er alles wieder sorgfältig in ihrem Ranzen.

*

„Warum hat das so lange gedauert?", fragte der Lehrer.
„Ich musste noch auf Toilette", behauptete er.
Mit Herzklopfen warf er einen kurzen Blick in ihre Richtung, aber sie beachtete ihn gar nicht. Er schämte sich glühend vor ihr – aber noch glühender war seine Sehnsucht.

Die ganze Chemiestunde hindurch ging ihm nicht aus dem Sinn, dass er jetzt etwas von ihr besaß, was eigentlich nur ihr gehörte. Und als sie dann für die letzte, die siebte Stunde zurück in die Klasse gingen, schlug sein Herz bis zum Hals, als auch sie an ihren Tisch zurückkehrte. Und als sie am Ende dieser siebten Stunde ihren Schulranzen schloss und aufsetzte, kam er sich erneut wie ein Verbrecher vor, wie jemand, der ein *Sakrileg* begangen hatte. Wie konnte er ohne ihr Wissen an ihren Schulranzen gehen!?

*

Aber es war die schiere Not, die ihn getrieben hatte. An diesem Tag ging er nicht einmal zum Training. Er lag nur die ganze Zeit auf seinem Bett und drehte und betrachtete den Zettel in seinen Fingern, hielt ihn wie eine Kostbarkeit und wusste, was er tun würde, obwohl auch dies sein Herz bis zum Halse schlagen ließ: Er *musste* mit ihrer Oma sprechen! Selbst wenn diese ihm den Kopf abriss.

Gleich am Samstag bestieg er fast noch morgens den Zug und fuhr die anderthalb Stunden bis zu jenem anderen Örtchen. Seinen Eltern hatte er gesagt, sie hätten heute ein wichtiges Spiel, und danach würde er noch bei einem Freund Mathe üben und erst abends nach Hause kommen. So hatte er genügend Luft und Ruhe.

Im Zug fragte er sich, was er sagen sollte. Er konnte eigentlich nur die Wahrheit sagen – aber würde sie ihn nicht gleich wieder rauswerfen? So, wie ja auch sie selbst ihn abwies? Mitleidlos? Ohne jede Chance? Wieso wollte sie von ihm so *gar* nichts wissen...? Er verstand es ja sogar... Aber eine *Chance* könnte sie ihm doch geben, hätte sie ihm doch geben können. Stattdessen immer nur dieser Wald... Wieso nur... Was brachte ihr das nur...?

Als er sich mit dem Handy zu der Adresse navigierte, die er ihr geraubt hatte, wurde ihm schlagartig klar, dass ihre Oma ja vielleicht gar nicht zu Hause war. Vielleicht besuchte sie jemanden – oder sie war einkaufen. Woher sollte er das dann wissen? Sollte er warten? Möglicherweise stundenlang? Schon fühlte er eine Enttäuschung und ein Gefühl der Unlust – aber dann schämte er sich vor sich selber und sagte sich, dass er *stundenlang* warten würde, um ihretwillen... Diesmal gab dieser Gedanke ihm ein angenehmes, geradezu wohliges Gefühl. Er würde ihr beweisen, dass er ihrer wert war.

*

Aber als er klingelte, öffnete ihm eine alte Frau. Diese sagte gar nichts, sondern schaute ihn nur fragend an.

„Ähm – Frau Weber?"

„Und wer bist du?"

„Ich, ähm, ich – also Sie kennen mich nicht, aber ich ... aber ich kenne ihre ... also ihre Enkelin. Zoe. Ich wollte gerne mit Ihnen, äh ... sprechen..."

„Und woher hast du meine Adresse?"

„Ich, ähm, Zoe hat sie mir mal gegeben..."

„Das glaube ich kaum. Also woher hast du sie?"

„Ich ... na gut, ich ... habe sie mir aufgeschrieben."

33

„Und wie das?"

„Ich war heimlich an ihrem Schulranzen."

„Und du denkst, das war in Ordnung?"

„Nein ... nein, war es nicht..."

„Aber du bist verliebt und willst sie kennenlernen, aber sie will nichts von dir wissen, richtig?"

Er stand wie erschlagen.

„Woher ... woher wissen Sie das?", fragte er erschüttert. Und dann traf es ihn wie der Schlag. „Aber klar – natürlich hat sie Ihnen längst alles erzählt, richtig?"

Die alte Frau lächelte.

„Gar nichts hat sie."

Dann öffnete sie die Tür ganz.

„Aber komm doch rein. Ich kann dich ja schlecht stehenlassen..."

Er betrat eine Art völlig fremdes Reich. So eine Wohnung hatte er noch nie gesehen. Hier schien alles aus dem letzten oder vorletzten Jahrhundert zu stammen. Eingeschlossen die Bewohnerin. Vielleicht war sie ja sogar eine Hexe und er würde nicht mehr lebendig hier herauskommen.

„Woher wissen Sie es denn dann?", wiederholte er fast stammelnd die Rätselfrage, die sich ihm von neuem aufdrängte.

„Das ist ja nicht zu übersehen. Setz dich doch – da aufs Sofa. Willst du etwas trinken?"

„Äh, nein..."

„Deine Kehle scheint mir doch etwas trocken zu sein. Ich stell dir mal was hin – du kannst es ja nehmen, wenn du willst, oder du lässt es."

Sie verschwand in der Küche, und er hörte eine normale Kühlschranktür, aber es konnte natürlich trotzdem ein Hexengebräu sein...

Sie brachte etwas, was wie Orangensaft aussah, und stellte es vor ihn hin.

„Nur für den Fall...", sagte sie.

„Und sie hat Ihnen nichts erzählt?", wiederholte er.

„Nein, aber das wirst du ja jetzt tun, schätze ich."

„Ich will eigentlich nur wissen ... wie ich sie kennenlernen kann...“

„Das fragst du *mich*?“, erwiderte die alte Frau.

„Ja, ich weiß nicht, was ich tun soll.“

„Ich denke“, lächelte jene, „ihr jungen Leute seid heute so ungeheuer einfallsreich.“

„Nein.“

„Wie – einfach nur ‚nein‘?“

„Ja, ich weiß nicht, was ich bei Zoe tun soll.“

„Ah – du meinst, bei jedem anderen Mädchen hätte es ‚gereicht‘.“

„Es ist einfach so, dass sie von mir nichts wissen will.“

„Und du meinst, ich hätte ein Zaubermittel?“

„Na ja, ich dachte... Sie sind ihre *Oma*.“

„Ja!“, lachte diese. „Das ist aber auch schon alles.“

„Bitte *helfen* Sie mir...“

Mit diesen Worten öffnete er sein ganzes Herz.

„Wie heißt du denn überhaupt?“

„Tom...“

„Tom“, sagte die alte Frau gütig, aber auch bereits angstvoll eine Verneinung ahnen lassend, „was du dir vorstellst, ist unmöglich. Liebe ist keine ‚Handelsware‘. Und man kann auch nicht jemand anderen fragen, wie man jemanden ‚kriegen‘ kann, wenn dieser Jemand nicht selbst will. Ich denke, ihr seid alt genug, so etwas zu verstehen.“

Er seufzte ergeben und verzweifelt.

„Ich schätze, ich bin nicht alt genug. Ich habe mich so unglaublich in Zoe verliebt, dass ich nicht weiß, was ich machen soll. Es ist schrecklich, es ist furchtbar, ich kann es nicht aushalten.“

„Das geht vorbei“, sagte ihre Oma nun fast hart.

Schmerzlich blickte er in ihre Augen. Dann sagte er:

„Nein, ich fürchte, das geht nicht vorbei.“

Sie hob fast unmerklich die Brauen.

„Doch, Tom. Zuerst nicht. Du wirst leiden. Dann aber wirst du dich irgendwann fragen, *warum* du für sie oder wegen ihr leidest. Und schließlich wirst du ihr Vorwürfe machen. Und dann wirst du sie für die gestohlenen Monate oder Wochen hassen. Und dann *ist* es vorbei. Du musst nur etwas Geduld haben.“

Er sprang auf und rief:

„Warum sind Sie so grausam! Sie sind ja noch schlimmer als Zoe! Zoe hat mich nur stehengelassen, aber sie schien auch selbst zu leiden – was mir *auch* leidtat. Aber *Sie* sind einfach nur grausam! Wieso bin ich nur hergekommen!"

Er stolperte vorwärts in Richtung Ausgang.

„Halt. Stopp doch!", bremste sie seinen blinden Schmerz. „Setz dich doch wieder. Ich *musste* einfach prüfen, wie ernst es dir ist. Alles andere würde nicht dazu berechtigen, dass wir hinter ihrem Rücken auch nur *ein* Wort darüber reden. Aber wenn es dir *so* ernst ist, *müssen* wir wohl noch darüber reden ... und dann werden wir das auch..."

Er setzte sich wieder hin, geschlagen wie ein ungeliebter Welpe. Die alte Frau musterte ihn.

„Jetzt erzähle..."

Und erneut öffnete er sein Herz.

„Ich wohne neben ihr, im Nachbarhaus. Ich kenne sie seit der ersten Klasse, eigentlich noch davor. Aber wir hatten nie miteinander zu tun. Zoe war immer seltsam, das wissen Sie ja sicher. Ich meine, was heißt seltsam – anders halt. *Sehr* anders. Sie geht immer in diesen Wald und so. Ich weiß nicht, was ihr das bringt... Und ich gebe es zu – die Jungs und später auch die Mädchen haben sie dafür immer gehänselt. Nein, eigentlich eher dafür, dass sie immer so brav und fleißig war. Wie eine Streberin. Später habe ich nicht mehr mitgemacht. Aber gut, ich stand weiter dabei, als die anderen es ihr nachriefen. Ich *weiß*, warum sie mich hasst. Ich weiß es sehr gut, glauben Sie mir!

Jeden Tag frage ich mich jetzt, wie ich es hätte vorher wissen sollen. Dass ich mich in sie verliebe, meine ich. Jetzt würde ich sie gerne beschützen – aber im Moment ärgert sie keiner mehr. Ich wünschte, ich könnte etwas tun, dass sie mich mag. Es ... es würde mir erstmal reichen, wenn sie mich ... wenn sie mich einfach nur *mag*..."

„Ist das alles?", fragte die alte Frau. „Ich meine – bist du fertig?"

„Ja", stotterte er unsicher. „Ich ... ich denke schon..."

„Und *wieso* hast du dich in sie verliebt?"

„‚Wieso'? Das weiß ich nicht..."

„Dann denk nach."

„Ich soll nachdenken? Warum? Was meinen Sie damit?"

„Man verliebt sich nicht einfach so. Es gibt Gründe. Und wenn du die nicht weißt, dann solltest du gleich alle Hoffnung aufgeben."

„Warum?", stammelte er.

„Weil du sie dann nicht verdient hast. Ich meine, auch ihre Freundschaft nicht. Sie ist *mehr* wert, als du vielleicht denkst."

„Das weiß ich...", stammelte er, fortwährend mit diesem Gefühl des geschlagenen oder zumindest getadelten Hündchens.

„Das ist schon mal gut...", murmelte die alte Frau.

„Und was soll ich jetzt machen?"

„Du sollst mir sagen, *warum* du dich in sie verliebt hast."

„Wie soll ich denn das wissen?"

„Ihr jungen Leute behauptet immer, ganz viel zu wissen. *Das* solltest du *tatsächlich* wissen."

„Zoe ist sehr schön..."

„Das sind andere Mädchen auch."

„Aber nicht so schön."

„Doch, auch so schön."

„Sie ist etwas Besonderes."

„Aha – da kommen wir der Sache schon näher. Und weiter?"

„Wie soll ich das denn *wissen*?", rief er fast, in die Enge getrieben.

„Ich habe mich einfach verliebt."

„Nein, mein Junge. Wer drei Stunden mit dem Zug fährt, hat sich nicht ‚einfach verliebt'. *Was ist es*, Tom?"

„Ich kann es doch nicht sagen!", erwiderte er gequält. „Es ist alles! Es ist einfach alles."

„So viel gibt es da nicht", beharrte die alte Frau erbarmungslos. „Was ist ‚alles'?"

„Ich weiß es doch nicht!", jammerte er kläglich. „Einfach alles. Wie sie ist..."

„Mein lieber Junge. Ich denke, du bist jetzt, wie Zoe, dreizehn. Das ist ein Alter, in dem früher Jungen schon heiraten konnten, einen Beruf ergreifen und anderes mehr. Da war man schon fast ein

Mann! Jetzt benimm dich auch so. Die Liebe eines Mädchens zu gewinnen, ist kein *Kinderspiel*. Und auch kein Jungen-Abenteuer. Es ist eine zutiefst ernste Sache. Hör auf zu jammern und beschreibe mir allen Ernstes, wie sie ist – oder verlass meine Wohnung." Erschüttert hatte er zugehört. Es lief ihm heiß und kalt den Rücken hinunter – eine nie gekannte Verantwortung schien ihn fast zu erdrücken. Und zugleich fühlte er, wie hier der erste Mensch war, der ihn jemals ganz und gar ernst genommen hatte – nicht einmal er selbst hatte das je getan, das fühlte er in diesem Moment dunkel.

Er besann sich wenige Momente, und dann sagte er leise: „Zoe ist wie ... wie ein Engel. Wie eine Prinzessin. Ich weiß nicht, wie ich es beschreiben soll. Sie ist so still. So einsam. So ... so *besonders*, in jeder Hinsicht. Ich weiß wirklich nicht, was es mit diesem Wald auf sich hat. Ich verstehe es auch nicht. Aber ich wünschte ... ich wünschte, *ich wäre* dieser Wald... Verstehen Sie, was ich meine? Die anderen denken nur, Zoe wäre ein bisschen ‚abgedreht' oder ‚zurückgeblieben' – oder was weiß ich! Ich denke das nicht... Ich denke ... ich denke, sie ist das Gegenteil. Na ja, vielleicht nicht das Gegenteil, aber... Ich wünschte, ich wäre der Wald! Warum liebt sie den Wald ... und nicht mich?"
„Findest du das nicht ein bisschen egoistisch?"
„Ich will ja nur, dass sie mich *auch* lieben könnte! Warum nur ihn...?"
„Weil er dir vielleicht unendlich viel voraus hat?"
„Wie...", stotterte er. „Das verstehe ich nicht."
„Was ist daran so schwer zu verstehen. Du siehst doch, dass sie den Wald liebt. Auch wenn du nicht verstehst, warum. Immerhin verstehst du inzwischen ein wenig, warum du *sie* liebst. Aber sie liebt den *Wald*. Und warum sollte sie *dich* lieben?"

Zögernd brachte er hervor:
„Weil ich sie ... doch auch liebe..."
„Ja, das ist nun mal oft so. Sicherlich die meiste Liebe ist einseitig. Selbst einseitige Liebe ist schön. Aber das reicht nicht, um ein Recht auf Erwiderung zu haben. Zoe ist ohne jeden Zweifel zutiefst *liebenswert* – auch wenn die meisten blind dafür sind. Dass du das schon mal siehst, ist einiges wert, aber für eine Erwiderung

reicht das noch lange nicht. Was glaubst du, macht *dich* denn liebenswert?"

„Ich würde für Zoe alles tun."

„Und was zum Beispiel?"

„Was sie will, sie braucht es nur zu sagen."

„Und was würde sie wollen?"

„Ich weiß es doch nicht."

„Du könntest ihr also keinen Wunsch von den Augen ablesen?"

„Doch, vielleicht."

„Und warum hast du es noch nicht gemacht?"

„Sie will doch von mir gar nichts wissen!", klagte er.

„Vielleicht reicht es ihr nicht, dass du alles für sie tun würdest. Vielleicht muss sie etwas finden, was unabhängig davon *an dir* liebenswert ist. Was könnte das sein?"

„Das *weiß* ich doch nicht."

„Dann denk darüber nach. Und wenn es nichts gibt, dann lass etwas entstehen, was es von da an gibt."

„Was meinen Sie?"

„Das ist dir überlassen – und ihr. Ich weiß nicht, was Zoe mögen würde. Natürlich weiß ich das sehr wohl. Aber es ist ihre Sache."

„Was *würde* sie mögen?"

Die alte Frau lächelte.

„Du weißt es doch. Zoe liebt den Wald. Frag dich, was den Wald ausmacht, und du weißt, was Zoe liebt. Und dann kannst du auch so werden..."

„Ich kann doch nicht der Wald werden!", klagte er. „Außerdem würde sie mich dann noch immer nicht lieben! Ich wäre dann nur ... eine *Kopie*. Und der echte Wald wäre ihr noch immer lieber!"

Wieder lächelte ihre Oma.

„Bist du ein Hellseher? Du hast noch nicht mal angefangen und willst schon wissen, was das Ergebnis wäre?"

„Und wenn es alles nichts hilft?"

„Dann hast du es zumindest versucht."

„Na toll!"

„Es ist deine Entscheidung. Du wolltest von mir einen Rat – und ich habe dir *vieles* gesagt. Es liegt bei dir, daraus etwas zu machen. Wenn du jetzt schon den Mut verlierst, weil du *vielleicht* scheitern wirst, bist du ihrer Zuneigung gar nicht wert. Echte Liebe lässt sich von *keiner* Möglichkeit, zu scheitern, abhalten."

„Ja, Sie haben Recht", murmelte er. „Aber ich glaube trotzdem nicht, dass ich ihre Liebe gewinnen kann..."

„Warum bist du dann überhaupt gekommen?"

„Weil ich glaubte, Sie könnten mir helfen. Ich meine *wirklich*."

„Etwa wie eine Hexe? Mit einem Zaubertrank?"

Er musste lachen.

„Ja, ich schätze, so ungefähr. Aber nein – ich dachte, Sie hätten mir sagen können, was ich *tun* könnte, weil sie das *garantiert* mögen würde..."

„Das habe ich getan...", lächelte die alte Frau.

„Aber was genau war es?", fragte er. „Wie der Wald werden?"

„Die ernstesten Dinge werden im Leben nicht wiederholt, Tom. Man kann die Chance nur ergreifen, oder es lassen. Ich sage dir nur noch eines. Du hast vorhin gesagt: ‚Ich weiß nicht, was ihr das bringt'. Frage dich einmal, ob Zoe je auch nur *einen* Augenblick nach *dieser* Frage gehen würde..."

Er verstand in dem Moment gar nicht einmal genau, warum – aber er war zutiefst beschämt... Erst später wurden ihm nach und nach die tiefen Dimensionen dieses einen Satzes klar.

Bald darauf fand er sich wieder an der Tür und die alte Frau, die ihre Oma war, verabschiedete ihn mit einem gütigen Blick. Er drehte sich noch einmal zu ihr um:

„Danke...", sagte er leise. Dann fügte er noch hinzu: „Kann ich ... kann ich wiederkommen, wenn ich Ihre Hilfe brauche...?"

„Du kannst immer wiederkommen, Tom. Aber ich werde dich nicht mit Zoe ‚verkuppeln'. Entweder, sie will es *selbst* – oder es geht nicht. Dennoch können wir immer darüber reden. Über alles. Ich werde natürlich bei Gelegenheit auch Zoe sagen müssen, dass wir über sie und über deine Liebe zu ihr geredet haben. Das verstehst du doch hoffentlich?"

Es lief ihm heiß und kalt über den Rücken.

„Ja", stammelte er. „Ja, ich schätze, damit muss ich leben..."

„Das denke ich", lächelte die alte Frau. „Sie muss mit deiner Liebe ja auch leben..."

Als er wieder im Zug saß, fühlte er sich wie nach einer kalten Dusche – oder, mehr noch, wie nach einem mehrfachen Wechselbad der Gefühle...

*

Den ganzen restlichen Samstag und den Sonntag über dachte er an sie. Warum liebte sie den Wald? Warum liebte er *sie*? Liebte er sie etwa, *weil* sie den Wald liebte? Aber das machte doch überhaupt keinen Sinn... Aber warum *liebte* sie den Wald? Weil er so ruhig war? So still? Nicht widersprach? Aber sie sprach doch selbst auch nicht...

Oder liebte sie ihn wegen der Natur? Wegen der Bäume? Welche Natur gab es denn noch? Ein paar Kräuter, ein paar Vögel – das war es doch... Was brachte ihr das... Aber schon ertappte er sich dabei, dass er die Worte ihrer Oma schon wieder vergessen hatte. ‚Frage dich einmal, ob Zoe je auch nur einen Augenblick nach dieser Frage gehen würde...‘ Aber wonach ging sie *dann*? Wonach ging sie nur? *Konnte* man nicht nur nach dieser Frage gehen? Aber wer würde dann in den Wald gehen... Warum ging sie dorthin, fast jeden Tag...?

Weil sie sich einsam fühlte? Aber das wollte er doch gerade ändern! Oder fühlte sie sich *gerne* einsam? Oder lehnte sie nur *ihn* ab? Weil er sie früher geärgert hatte – und auch später noch dabei war? War sie vielleicht *deshalb* einsam? Aber der Wald bedeutete ihm gar nichts. Wie konnte er je so werden, damit sie ihn vielleicht lieben würde? Er konnte es gar nicht. Selbst wenn er wollte. Aber er wusste ja nicht einmal, *warum* sie den Wald liebte.

Und er wusste noch immer nicht einmal, warum er *sie* liebte. Er wusste nur, dass sie besonders war. Aber eigentlich wusste er nur, dass sie nicht so war wie alle *anderen* Mädchen. Liebte er sie etwa nur *deshalb*? Weil sie ... sich ausschloss? Das konnte es doch nicht sein. Warum liebte er sie?

41

Er beschloss, nicht eher zu ruhen, als bis er diese Frage beantwortet hatte. Warum liebte er Zoe?

Während des ganzen Montag sah er zu ihr hinüber. Der Unterricht floss an ihm vorbei, und er war eigentlich nur in zwei Dinge versunken – entweder in ihren Anblick, von schräg hinten, oder in Gedanken über sie.

Zoe hatte eine schmale, sanfte Gestalt. Sie hatte lange, dunkelbraune Haare, die ihr weich über den Rücken fielen. Sie trug einen Wollpullover, der selbstgestrickt sein konnte, vielleicht sogar von ihrer Oma – in warmen Herbstfarben. Er hatte gesehen, wie sie auch heute eine Jeans trug. Im Sommer kam sie manchmal in einem Kleid. Dann erschien ihre ganze Gestalt *noch* viel sanfter. Und plötzlich wurde ihm erschüttert klar, dass er ihre *Sanftheit* mochte, ja liebte.

Auf einen Schlag erschien sie ihm wie das sanfteste Mädchen der ganzen Klasse – nein, sie *war* es. Nicht nur ihre Gestalt war es, sie selbst war es auch. Nie diskutierte sie mit jemandem heftig und wortreich wie viele oder sogar die meisten anderen Mädchen bei der einen oder anderen Gelegenheit. Nie stritt sie mit jemandem. Nie machte sie jemandem Vorschriften. Ja, sie wehrte sich nicht einmal, wenn man sie hänselte. Und sie lief sogar weg, wenn man sie fragte, ob sie mit einem gehen wollte... Zoe war die unglaublichste Sanftheit in Person. Er fragte sich, wie er das bis jetzt hatte *übersehen* können. Er hatte es ja gesehen – aber warum nicht auch erkannt? Begriffen?

Überglücklich über seine Entdeckung versank er nur noch tiefer in ihre Gestalt – liebte dieses Mädchen nur noch um so mehr, hundertmal mehr, hundertmal tiefer...

*

Als er wieder zu Hause war, stellte er sich glücklich vor, dass er sie *jetzt* würde fragen können, warum sie den Wald liebte. Er vermied es, sie durch seine Nähe zu belästigen. Er ging immer weit hinter ihr nach Hause – und genoss es, gerade noch ihre Silhouette von hinten sehen zu können, ohne dass sie sich verfolgt fühlte. Sie musste doch sogar merken, dass er dies alles tat, nur um ihretwillen. Sie musste doch merken, wie sehr er sie *in Ruhe ließ*, weil sie es wollte. Auch das musste sie doch berühren...

Er stellte sich vor, wie er sie morgen fragen würde, warum sie den Wald liebte. Er stellte sich vor, wie sie über diese Frage erstaunen würde. Wie sie ihn ungläubig anschauen würde. Und wie sie ihm dann vertrauen würde, ihn mitnehmen würde, in den Wald, und ihm alles erzählen würde. Und irgendwann, unterwegs, würde sie seine Hand nehmen. Und irgendwann, schließlich, wenn sie sich ganz verstanden fühlen würde ... würde er sie küssen dürfen... Sie würden sich küssen. Und sie würde merken, wie sehr er sie liebte ... und dass sie ihn auch liebte...

Mit diesen glückseligen Vorstellungen schlief er später auch ein.

Am nächsten Tag fing er sie wieder knapp hinter dem Schultor ab.

„Zoe?"

Sie drehte sich um, und er sah unmittelbar wieder ihre ganze Abwehr.

„Ich...", stammelte er. „Ich wollte dich nur fragen ... ich meine, ich möchte nur wissen, warum du den Wald liebst... Ich will es nur wissen..."

Sie sah ihn an, abwehrend.

„Warum willst du das wissen!?"

Sie wollte schon weitergehen und tat es auch.

Er eilte neben sie.

„Ich will ... ich interessiere mich für dich..."

„Ich mich aber nicht für dich!"

Sie beschleunigte ihre Schritte und wollte ihn stehenlassen.

„Zoe", bat er, ebenfalls schneller gehend. „Warum bist du so? Habe ich dir etwas getan? Ja, ich weiß – früher... Und nachher stand ich auch noch dabei. Es tut mir leid! Ich fand es schon lange nicht mehr in Ordnung, was die anderen machten... Ja, ich war scheiße, ich weiß. Ich weiß es, Zoe! Aber bitte... Gib mir eine Chance! Ich meine, verdient nicht jeder eine zweite Chance?"

„Ihr hattet *hunderte* von Chancen, damit aufzuhören!"

„Ich habe sehr bald nicht mehr mitgemacht, Zoe..."

„Ist doch egal, du warst immer mit dabei!"

„Zoe...", klagte er. „Bist du denn so hartherzig?"

Sie blieb abrupt stehen, so dass es ihn völlig überraschte. Sie blickte ihn direkt an – so direkt, dass es ihn unmittelbar beschämte.

„Ich *bin* nicht hartherzig!", erwiderte sie. „Ich *will* einfach nur nichts von oder mit dir, das ist alles. Ist das denn ... verstehst du das denn nicht?"

Er fühlte sich wie in einem brennenden Strahl und konnte ihren Blick kaum erwidern.

„Ich...", stammelte er wieder. „Wenn ... wenn du mir wenigstens erzählen würdest, warum du den Wald liebst ... dann ... dann könnte ich vielleicht ... ein wenig ... allmählich, meine ich ... ein wenig so werden wie der Wald... Ich meine – ich weiß nicht, was ich

45

meine... Vielleicht ... vielleicht würdest du mich ... dann ja *auch* mögen..."

Betroffen blickte sie ihm weiter in die Augen, nun fast selbst unsicher.

„Woher hast du denn *diese* komische Idee? ‚Wie der Wald werden'? Was ist *das* denn für ein Blödsinn?"

Wieder lief es ihm heiß über den Rücken. Er hatte sie ja in zweifacher Weise hintergangen. Er war an ihrem Ranzen gewesen – und er hatte ihre Oma besuchte. Aber wenn er ihr *das* sagte, wäre sowieso alles vorbei. Andererseits würde es ihre Oma ihr auch sagen. Aber *sie* würde vielleicht die richtigen Worte finden. Eine andere Chance hatte er sowieso nicht.

„Gib mir eine Chance, Zoe... Bitte... Geh mit mir heute *zusammen* in den Wald – und dann erzähl mir .... etwas von dir... Warum du den Wald liebst. Oder auch was du möchtest."

Das sanfte Mädchen neben ihm war nun tatsächlich berührt, von seiner Bitte...

„Du *hast* keine Chance, Tom. Du wirst es sowieso nicht verstehen."

„Heißt das, ich darf mitkommen?"

„Ein einziges Mal!"

„*Danke*, Zoe..."

Er ging an ihrer Seite, und die ganze übrige Zeit schwieg sie – eisern. Er bewunderte sie fast für ihr Schweigen. Es minderte nichts von ihrer Anziehung, im Gegenteil. Er hatte eine so unendliche Sehnsucht nach ihrer Nähe, dass es fast nicht zu beschreiben war.

Als sie bei ihr zu Hause angekommen waren, sagte sie:

„Ich bringe kurz meinen Schulranzen rein."

„Ja, ist gut."

„Kannst du auch machen."

„Ja, okay, mach ich."

Er stand schon eine Minute später wieder vor ihrer Tür, kurz darauf kam auch sie wieder heraus.

Und wieder ging sie schweigend, mit ihm an ihrer Seite, bis sie den Wald erreichten.

Nun erwartete er voller Aufregung die Offenbarung ihrer sanften Geheimnisse – und am Horizont erhoffte er auch jetzt alle weiteren Zärtlichkeiten, die er sich schon gestern erträumt hatte. Aber das Mädchen neben ihm schwieg weiter eisern.

Während die Vögel um sie zwitscherten, blieb das Mädchen neben ihm stumm. Allmählich wurde ihm unwohl. Würde sie gar nichts sagen? Aber sie hatte es doch versprochen? Oder war dies eine Prüfung? Machte er etwas falsch? Musste *er* zuerst etwas sagen? „Mache ich was falsch, Zoe?", fragte er zögernd.

„Ich weiß einfach nicht, was du hören willst!", sagte sie fast heftig, und er erkannte ihre eigene Unsicherheit. „Ich hab dir auch gesagt, du kannst es sowieso nicht verstehen!"

„Aber du kannst es doch zumindest *versuchen*, zu erklären... Ich würde es ganz sicher verstehen..."

„Ganz sicher *nicht!*", wiederholte sie. „Außerdem weiß ich nicht mal, was ich ‚erklären' soll! Da *gibt* es nichts zu erklären!"

„Aber wie soll ich dann..."

„Das sage ich ja gerade! Es geht eben nicht!"

„Zoe, es muss doch gehen. Alles geht. Irgendwie geht alles."

„Nein."

„Was denn nicht?"

„Nichts geht! Du kannst die Vergangenheit nicht rückgängig machen. Du kannst sie auch nicht wiederbringen. Ich kann mich nicht für dich interessieren. Es geht *vieles* nicht, Tom!"

„Ja, ich weiß. Vieles geht nicht. Aber bitte, Zoe... Beschreibe mir doch einfach, warum du den Wald liebst. Das muss doch gehen..."

„Und *was bringt dir das?*"

Da stand wieder dieses Wort im Raum. Diesmal aus ihrem Munde. An ihn gerichtet. Mit der Antwort: Es bringt dir sowieso nichts, denn selbst *wenn* du es verstündest, würde ich dich nicht auch lieben. Also warum versuchst du es überhaupt?

„Ich dachte, nach so einer Frage gehst du nicht, Zoe...", sagte er leise, wieder mit dem Gefühl eines Verrates. „Es kann dir doch egal sein, was es mir bringt oder nicht bringt. Selbst wenn ich danach noch immer keine Chance habe, verstehst du, würde ich zumindest wissen, warum du den Wald liebst. Ich würde dich ein bisschen kennen ... und das würde mir sehr viel bedeuten. Mehr als alles andere..."

Kurz spürte er wieder ihr Berührtsein. Dennoch fragte sie unmittelbar darauf spöttisch:

„Mehr als alles andere?"

„Ja."

„Was *machst* du denn so den ganzen Tag?"

„Weiß nicht", murmelte er beschämt. „Dies und das. Fußball spielen zum Beispiel."

„Wie oft?"

„Zweimal in der Woche – und am Wochenende ein Spiel."

„Würdest du darauf verzichten?"

„Wie meinst du das?"

„Na ,mehr als alles andere'."

„Ja, aber die brauchen mich..."

„Das glaube ich nicht. Das kann jeder sagen. Bilde dir bloß nicht ein, dass sie nicht auch jemand anders nehmen könnten."

„Ja, das kann sein."

„Aber es ist dir selbst *auch* mehr wert als ich – oder der Wald."

„Nein, nicht mehr als du."

„Ist ja auch egal."

„Ich würde für dich darauf verzichten."

„Nein, danke."

„Aber jetzt weißt du es."

„Ja, danke."

„Bitte erzähle mir jetzt, warum du den Wald liebst."

„Du verstehst es sowieso nicht, Tom. Und es bringt dir auch nichts. Ich meine – ich meine in dem Sinne: Du *verstehst* es nicht. Das heißt, du kennst mich danach auch nicht besser, weil du es einfach nicht verstehst!"

„Das weißt du doch gar nicht."

„Doch, manches weiß man eben."

„Und wie?"

„Man weiß es eben."

„Du *kannst* es nicht wissen. Du kennst mich doch auch nicht!"

„Doch – du machst ,dies und das' und spielst bisschen Fußball."

„Und ich liebe ein Mädchen, von dem niemand sonst sieht, wie besonders sie ist."

„Ha ha!"

„Ich meine es ernst, Zoe."

„Und was *ist* an mir besonders?"

„Dass du den Wald liebst, zum Beispiel."

„Sehr witzig."

„Wieso witzig? Das ist überhaupt nicht witzig. Auch das meine ich sehr ernst."

„Und was soll das? Du liebst mich, weil ich ‚besonders' bin – und das Besondere an mir ist, dass ich den Wald liebe, aber das verstehst du sowieso nicht. Und fragst mich sogar, warum. Du willst also einfach nur selbst verstehen, warum du mich liebst, oder wie? Oder liebst du mich nur, weil ich mich zurückziehe? Bin ich nur ‚besonders', weil ich – weil ich gar nichts von euch will? Bin ich deshalb ‚spannend'? Kurzzeitig ‚interessant'? Ist es *das*?"

„Nein...", stotterte er wieder wie ein geschimpfter Hund.

„Das *klingt* aber so! Du weißt selbst nicht, warum du mich liebst. Vielleicht findest du mich schön oder so. Ich *möchte* das aber gar nicht. Und ich hab's dir auch gesagt. Ich möchte es nicht. Ich möchte einfach nur in Ruhe gelassen werden."

Er verlor allen Mut. Er hatte hier und jetzt, so war zumindest sein Gefühl, nicht den Hauch einer Chance.

„Du *bist* etwas Besonderes!", sagte er verzweifelt, indem er sich bereits umdrehte, um zurückzugehen und sie allein zu lassen. „Ich werde am Samstag auf das Spiel verzichten und vor deinem Haus stehen, damit du mit mir in den Wald gehst und etwas davon erzählst. Du musst nicht, aber ich werde warten..."

Er hörte ihre fast empörte und auch furchtsame Stimme hinter ihm herrufen:

„Das will ich *auch* nicht!"

Aber er ging weiter, so sehr es ihn auch schmerzte, auch ihr wehzutun, auch sie irgendwie leiden zu lassen.

Am nächsten Morgen stand sie, kaum dass er sich an seinen Platz gesetzt hatte, an seinem Tisch und sagte:
„Du verzichtest am Wochenende nicht auf dein Spiel!"
Er sah sie überrascht an, war fast überwältigt von ihrer zarten Nähe.
„Doch", sagte er leise. „Doch, das werde ich."
„Das möchte ich aber nicht."
„Ich werde es aber tun."
„Aber nicht für mich."
„Doch, für dich."
„Es *ist* nicht für mich. Ich möchte es nicht."
„Ich werde es trotzdem tun, und ich werde auf dich warten."
„Nein, wirst du nicht."
„Doch."

Längst waren die ersten Mitschüler aufmerksam geworden.
Einer rief:
„Hey, Leute – Tom hat was mit Zoe!"
„Echt jetzt?", fragte sofort ein anderer.
Sogleich war die Aufmerksamkeit aller auf seinen Tisch gerichtet.
Zoe zögerte kurz, dann verschwand sie an ihren Tisch.
Es hatten aber alle gesehen.
Ein Junge rief noch einmal:
„Tom hat was mit Zoe!"
Ein anderer:
„Oder Zoe mit Tom, je nachdem."
„Nein, nur andersrum, hast du's nicht gesehen?"
„Tom, ey, Alter – was willst du denn von *der*? Willst du ein Einser-Abitur machen, oder was ist los?"
„Halt's Maul!", erwiderte er heftig. Und dann fügte er noch hinzu:
„Und nenn sie nicht noch mal ‚der', klar!"
„Das war ein *Dativ!*", feixte ein anderer.
„Das weiß ich selbst!", rief er. „Aber das ist Zoe! Und sie ist besser als ihr alle! Ich meine *überhaupt* – als Mensch!"
Kurz wurde es still nach seinem Ausbruch.
Dann sagte jemand:
„Der hat doch ein Rad ab!"

51

Und ein anderer spottete:
„Lass ihn – Verliebte sind so...“

Dann kam der Lehrer herein, und bald ertönte die Klingel, mit der
die Stunde begann.

*

Zoe spürte die ganze Stunde lang die Augen dieses Jungen in ihrem Rücken – ob sie wirklich da waren, wusste sie nicht. Sie wusste nur, dass sie zutiefst verzweifelt war. Seine Worte hatten sie
auch berührt – aber das machte sie nur noch ratloser als je zuvor.
Sie wollte nichts von Tom, nicht das Geringste. Und sie wusste
auch, dass es keine Perspektive haben würde, also warum ihm eine
Chance auch nur *vorgaukeln*? Das würde sie nie tun. Und dennoch
die ganze Zeit diese Augen in ihrem Rücken... Was sollte sie nur
machen? Sie fühlte sich gequält von einer Zuneigung und Liebe,
die sie gar nicht *wollte*...

Und er, der Junge, hing tatsächlich mit seinem Blick an ihrer Gestalt, die jetzt noch viel verletzlicher erschien als sowieso schon.
Und er selbst hatte das angerichtet. Obwohl er sie verteidigt hatte,
hatte er sie nun erst recht der Aufmerksamkeit aller ausgesetzt. Um
sich machte er sich gar nicht so viele Gedanken, aber um sie. Sie
tat ihm so unendlich leid ... und zugleich liebte er ihre Gestalt mehr
als je zuvor. Wie sehr wünschte er sich, er dürfte sie in den Arm
nehmen. Nur ein einziges Mal. Nur, um sie zu trösten... Zu beschützen... Ihr zu beweisen, wie gut er es meinte...

*

Am Ende des Schultages ging er wieder in großem Abstand hinter
ihr nach Hause. Aber als er dort dann seinen Schulranzen öffnete
und seine Hefte herausnahm, entdeckte er dazwischen ein gefalte-
tes Blatt, das er in der Schule zunächst übersehen hatte und auf
dem in großer Schrift geschrieben stand: ‚Ich möchte es nicht!‘

Die ganze übrige Woche gingen beide sich aus dem Weg. Er bemerkte nur manchmal ihren flüchtigen Blick, der immer Sorge und Abwehr auszudrücken schien und immer versuchte, ihm zu entgehen, was aber unmöglich war, weil *er* ihre Gestalt fast unablässig suchte, aus lauter Sehnsucht.

Am Samstag stand er tatsächlich um kurz vor zehn Uhr vor ihrem Haus, weil sie oft um diese Zeit losging. Sie kam tatsächlich kurz darauf heraus – aber sie gab ihm einen Brief.
„Hier, lies das. Ich möchte allein in den Wald gehen."
Bestürzt nahm er ihren Brief, der zweimal gefaltet war, und sah, wie sie weiterging, sich nur einmal umdrehte, sich dann aber schnell wieder abwandte, als sich ihre Blicke trafen. Ein namenloses Gefühl bemächtigte sich seiner – Schmerz, Liebe, Mitleid, Sehnsucht ... alles zugleich. Er sah ihre zarte Gestalt in Richtung Wald gehen. In der Ferne, kurz vorher, drehte sie sich noch einmal um ... und er stand noch immer da...

Überwältigt von Empfindungen ging er wieder zurück in sein Haus und sein Zimmer, entfaltete ihren Brief fast wie eine Kostbarkeit und las, in ihrer schönen Mädchenschrift geschrieben:

Lieber Tom,

es hat sowieso keine Aussicht – also versteh das doch. Besser jetzt als später, indem du dich und auch mich quälst. Ich will dich nicht quälen, deswegen sage ich es ständig: Es wird nichts. Sowieso nicht. Du kannst mich nicht lieben, ich weiß es. Was du liebst, bin nicht wirklich ich. Sehr bald würdest du das merken. Und ich würde dich auch nicht lieben. Ich weiß nicht, ob ich jemals lieben werde, denn mich wird auch niemand verstehen, schon gar nicht du.

Ich kann dir auch nicht erklären, warum ich den Wald liebe. Ich weiß nicht einmal, *wie lange* ich ihn noch lieben werde. Meine Oma sagt, es verändert sich alles. Ich vertraue ihr, aber ich bin gerade in allem total unsicher. Also kann ich gerade erst recht nichts anderes brauchen – das kommt noch dazu. Aber ich mag keinen Fußball, ich mag keine Handys, und ich mag auch sonst nichts von dem, womit ihr euch die ganze Zeit beschäftigt und worüber ihr euch unterhaltet. Also was willst du von mir?

Ich bin gerade unglaublich einsam – aber du würdest mich *noch* einsamer machen. Im Moment verliere ich sogar den Gesang der Vögel. Und dass du das nicht verstehst, ist der Beweis dafür, dass wir nicht zusammenpassen. Wenn du ihn mir *zurückbringen* könntest, wäre das etwas anderes. Aber du weißt ja nicht einmal, wovon ich rede. Also bitte lass es.

~~Deine~~ Zoe

Er wollte aufheulen vor Sehnsucht, als er ihre letzten beiden Worte las, von denen eines durchgestrichen war – warum auch immer sie es zuerst geschrieben hatte. Aus Gewohnheit? Aus Freundlichkeit? Um dann doch hart zu sein? Warum hatte sie ‚Deine' geschrieben – und es dann doch durchgestrichen? Konnte sie so hart sein? Andererseits war er so zutiefst dankbar, dass es *überhaupt* da stand – dass sie es überhaupt zuerst so geschrieben hatte, und sei es nur, aus einem *Versehen* heraus, und dass sie den Brief dann so gelassen hatte...

Und hier stand es doch, von ihrer eigenen Hand geschrieben: Sie *war* einsam! Und er sah es doch auch! Jeder konnte es sehen. Hatte er sich auch deshalb in sie verliebt? Weil er dieses *einsame* Mädchen maßlos liebte...? Aber warum würde er sie noch einsamer machen? Weil nichts von dem, was er tat, ihr etwas bedeutete? Aber er könnte doch von nun an tun, was *ihr* etwas bedeutete? Aber was hieß, den Gesang der Vögel ‚zurückzubringen'? Was meinte sie damit? Wie konnte er diesen einen Satz verstehen, um ihr zu beweisen, *dass* sie zusammenpassten?

Er war ratlos und verzweifelt und weinte fast vor Sehnsucht. Dann stand er lange am Fenster ... so lange, bis er sah, wie sie wieder aus dem Wald kam. Sanft, zerbrechlich und ... einsam.

*

Am Sonntag fand er sich ein zweites Mal auf dem Sofa ihrer Oma wieder. Er war auch diesmal wieder einfach so hingefahren und geradezu unglaublich dankbar, dass er sie wieder antraf.

Dann gestand er den Grund seines Kommens:

„Ich weiß nicht, was ich tun soll. Zoe *lässt* mich nicht einmal mit sich in den Wald kommen. sie will mir auch nicht *erklären*, warum sie den Wald liebt. Sie sagt, nein, sie hat mir geschrieben, dass sie es auch gar nicht könne. Und sie sagt, der Beweis dafür, dass wir nicht zusammenpassen, ist, dass ich nicht einmal verstehe, was es bedeutet, ihr ‚den Gesang der Vögel zurückzubringen'. Das wünscht sie sich. Und wenn ich das könnte, wäre es etwas anderes, schreibt sie...“

Die alte Frau hatte mit gütigem Gesicht zugehört.

„Und was soll ich jetzt tun?“

„Können Sie mir nicht sagen, was das *bedeutet*?“

„Nein, das kann ich nicht.“

„Weil Sie es nicht wissen?“

„Doch – ich würde es schon wissen, denke ich.“

„Aber weil Sie mir nicht helfen wollen?“

„Ich habe es doch schon gesagt, Tom. Ich *kann* dir nicht helfen – nicht mehr, als ich es schon getan habe. Sie hat es doch geschrieben: Es wäre *deine* Aufgabe, es zu verstehen. Und wenn du es nicht verstehst, ist es für sie der Beweis. Dann kann ich daran auch nichts ändern. Dann muss man sie darin ernst nehmen...“

„Aber wie *kann* jemand so etwas verstehen? *Will* sie denn gar nicht, dass jemand sie liebt?“

„O doch, Tom, ich glaube schon. Aber du hast ja selbst gesagt, dass sie etwas Besonderes ist. Nur jemand sehr Besonderes wird sie eines Tages verstehen können. Nimm es dir nicht so sehr zu Herzen, wenn das nicht du bist... Du hast dein ganzes Leben noch vor dir. Du triffst noch viele, viele andere Mädchen und Frauen...“

„Vielleicht will ich das gar nicht!“, erwiderte er verzweifelt, mit Tränen in den Augen, die ganz plötzlich da waren.

„Dir ist es wirklich sehr ernst, mein Junge“, meinte die alte Frau nun leise. „Dann wird dir wohl nichts anderes übrig bleiben, als dieser sehr besondere Mensch zu *werden* ... der du für sie jetzt noch nicht bist... Es ... bleibt dir wohl nichts anderes übrig, als ... die Sprache der Vögel zu lernen.“

„Aber das kann doch niemand!“

„Doch“, widersprach ihre Oma. „Zoe hat das gekonnt...“

Bestürzt verstummte er einen Moment. Dann aber sagte er verzweifelt:

„Aber wenn selbst sie es jetzt verlernt hat?"

„Sie *hat* es nicht verlernt. Sie meint es nur. Sie wird den Gesang wieder verstehen, *sobald* jemand sie glücklich macht..."

„Aber es *wird* sie niemand glücklich machen können, der diesen Gesang nicht selbst versteht!"

„Dann lerne ihn..."

Er war so verzweifelt, dass ihm die Tränen über die Augen rannen. Das rührte die alte Frau. Sie sagte:

„Lerne, den Wald zu lieben, Tom. Dann wirst du eines Tages auch verstehen, was sie mit ihren Worten meinte."

„Wenn ich tot bin!?", fragte er verzweifelt.

„Nein", erwiderte sie. „Sehr bald, nachdem es dir todernst und lebensheilig geworden ist..."

Mit diesen Worten hatte sie ihn wieder entlassen – liebevoll.

In den nächsten Wochen verwandelte sich Toms Leben grundlegend. Zwar ging er noch weiter zweimal wöchentlich zum Training und nahm an den Spielen am Wochenende teil, aber an den anderen Tagen ging er nachmittags oder während des übrigen Wochenendes in den Wald und versuchte, dessen Geheimnis zu ergründen.

Er wusste, dass es Zoe nicht verborgen bleiben konnte, und einerseits *wünschte* er sich, dass sie sah, was er für sie einsetzte, andererseits sehnte er sich danach, dass sie es *nicht* sah, weil er so unendlich seine Unfähigkeit fühlte... Und wenn er ihr auf seinen einsamen Streifzügen durch den Wald zufällig begegnete, nur von ferne, flüchtete er sich schnell in einen weiteren Seitenweg, weil er sich hier, auf ihrem ureigenen Gebiet, nur *um so mehr* schämte...

Anfangs hatte sie, als sie ihn im Wald sah, gedacht, er verfolge sie – aber schnell hatte sie gemerkt, dass das Gegenteil der Fall war: Er *scheute* sie ... und doch ging er immer wieder in den Wald! Sie war auf eine seltsame Weise tief berührt, fühlte sich nun *doch* verfolgt, von etwas, was sie gar nicht wollte, und fühlte sich in diesen Wochen noch verwirrter als zuvor. Sie hatte Angst vor dem, was dieser Junge tat – aber sie konnte es ihm ja schlecht verbieten.

Von den übrigen Jungen zog er sich dagegen mehr und mehr zurück. Nicht auf einen Schlag – und so war dieser allmähliche Rückzug natürlich auch Thema, zumal es nach wie vor bekannt war, dass er ‚etwas von Zoe wollte'. Und so kam es des Öfteren noch zu Dialogen wie dem folgenden.

„Bist du immer noch in Zoe?"
„Was geht dich das an?"
„Ich frag ja nur."
„Und wenn's so wäre?"
„Also ist es so."
„Und wenn?"
„Was hast du davon? Sie will dich doch sowieso nicht."
„Das weißt du ja nicht."
„Das sieht man doch."

„Ja, noch sieht man es."

„Und warum sollte sich daran jemals etwas ändern?"

„Das wird es schon noch."

„Was *bringt* dir das? Diese Zicke zu umschwärmen, die sowieso niemanden will? Wieso machst du das?"

„Das verstehst du nicht..."

Weil sich solche Gespräche häuften, fühlte auch er sich zunehmend einsam – nur war seine Einsamkeit eine ‚gesuchte', er hätte sie auch verhindern können. Aber ein Mädchen trieb ihn dazu, sein Leben so grundlegend zu ändern, dass auch er dadurch einsam wurde – wie sie. In gewisser Weise tröstete ihn das fast, fühlte er sich ihr dadurch doch näher. Andererseits brachten solche Dialoge ihm manchmal auch heftige Selbstzweifel. Nicht nur, weil sie an dem anknüpften, was er ohnehin bisher ganz und gar gewohnt war, jene eine Frage ... und weil sie ihn immer wieder daran erinnerten, wie *unwahrscheinlich* es war, dass sich an seiner Chancenlosigkeit je etwas ändern könnte...

*

Die größten Verzweiflungsmomente erlebte er vielleicht immer wieder im Wald selbst. Denn hier gelang es ihm nicht einmal *ansatzweise*, dessen Geheimnis auf die Spur zu kommen.

Er hörte die Vögel – und verstand sie nicht. Er sah Bäume, Kräuter, Pilze – und kannte nahezu, bis auf wenige Baumarten, kein *Einziges* von dem, was hier wuchs. Manchmal war er so verzweifelt, dass er hohe Grashalme ausrupfte, vor ohnmächtiger Wut weinte, sogar die Vögel verfluchte und sich hinterher wegen all dieser Ausbrüche tief in die Erde hineinwünschte, weil er *ihr* Heiligstes so unendlich unwürdig behandelte. Auch zu Hause weinte er dann oft, weil er an solchen Tagen sicher war, ihrer sowieso *nie* würdig werden zu können. Manchmal wollte sich sogar ein heimtückischer Hass auf *sie* selbst einschleichen – aber diesen furchtbarsten aller Gefühlsgedanken verbannte er jedes Mal weit, weit, bevor er näherkommen konnte. Und doch musste er an die Worte ihrer Oma denken.

Verzweifelt quälte er sich dann mit Gedanken, in denen er um die Reinheit seiner Liebe zu ihr kämpfte, bis er schließlich völlig übermüdet einschlief.

Eines Tages sah er Zoe später als sonst auf den Pausenhof kommen – und offenbar auch blasser. Er nahm allen Mut zusammen und ging unmittelbar zu ihr.
„Zoe, was ist los – geht's dir nicht gut?"
„Ach, lass mich...", bat sie.
„Bitte sag doch...", beharrte er. „Ich tu dir doch nichts..."
„Tom, bitte – ich hab schon genug Probleme. Wenn du jetzt *auch* noch dazukommst..."
„Ich komme doch nicht *dazu*, Zoe. Ich will dir doch helfen. Verstehst du das denn nicht?"
„Mir ist nicht zu helfen."
„Was ist denn passiert?"
„Das verstehst du sowieso nicht."
„Vielleicht ja doch... Bitte sag es doch..."
„Nein!", rief sie und rannte weg.

Völlig bestürzt blieb er allein zurück – wieder einmal.

In den nächsten Stunden blieb ihm wieder nichts anderes übrig, als ihre zarte Gestalt anzuschauen, die ihn jetzt zutiefst berührte. Er spürte, dass sie unter irgendetwas litt – und seine Sehnsucht, ihr zu helfen, war überwältigend.
Und erschüttert wurde ihm bewusst, dass er früher, wenn jemand ihn so oft zurückgewiesen hätte, längst die ‚Lust' verloren und sich anderen Dingen zugewandt hätte. Bei ihr war es anders – sein ganzes Leben wurde anders. War dies nicht der volle Beweis, wie sehr er sie liebte? Obwohl er noch immer nicht wusste, wie er ihr den Gesang der Vögel zurückbringen konnte – oder wie er auch nur den Wald lieben lernen konnte, der ihn ja geradezu von ihr *trennte*?

Doch als die Schule an diesem Tag zu Ende war, eilte er ihr wieder hinterher, um sie nicht direkt am Schultor, sondern etwas später einzuholen. Schweigend ging er eine Weile neben ihr. Aber sie schwieg natürlich auch nur. Also fragte er schließlich zögernd:
„Zoe, bitte... Jetzt einfach... Bitte sag es doch..."
Sie schien mit sich zu ringen. Schließlich sagte sie tonlos:
„Es gibt einfach ein Elterngespräch. Das ist alles."

„Was, wieso? Hast du was angestellt?"

„Ja."

„Aber was? Du kannst doch gar nichts anstellen!"

„Für Frau Wernicke hat's gereicht..."

„Aber was hast du gemacht?"

„Ich hab einfach einen leeren Zettel abgegeben."

„Im Bio-Test?"

„Ja."

„Aber warum?"

„Siehst du – du verstehst es auch wieder nicht..."

„Zoe – bitte... Ich bin doch kein Hellseher..."

„Das ist doch egal!", erwiderte sie scharf. „Dein Zettel war ja *nicht* leer. Das ist doch der Beweis..."

Bestürzt hörte er wieder dieses Wort. Dieses Mädchen kannte viele Beweise...

„Trotzdem, Zoe!", bat er. „Warum war *dein* Zettel leer?"

„Er *war* ja nicht leer!"

„Jetzt verstehe ich gar nichts mehr", erwiderte er.

„Sag ich doch die ganze Zeit."

Jetzt könnte er wütend werden. Auch war er ja die ganze Zeit in seiner Ehre gekränkt, etwas angeblich nicht verstehen zu können, wovon er nicht einmal wusste, was es war. Aber seine Liebe zu ihr war größer als all dies.

„Bitte, Zoe... Bitte...", warf er allen Stolz von sich und hoffte nur noch, irgendeinen Zugang zu ihr zu finden.

„Ich habe geschrieben: ‚Man *kann* das Leben nicht in knappe Testfragen und Testantworten fassen. Alles andere, aber nicht das Leben. Wenn man das tut, tötet man es.' Zufrieden?"

Erschüttert beeilte er sich, mit ihr Schritt zu halten.

„Also deswegen wolltest du den Test nicht machen?"

„Ich *konnte* es nicht, Tom!", rief sie. „Und ich sage dir doch die ganze Zeit, du kannst mich nicht verstehen! Wann *glaubst* du es mir denn endlich!?"

Weinend lief sie weg...

Auch er hatte Tränen in den Augen, über das unglaubliche Leid dieses Mädchens ... und über sein eigenes Versagen...

Noch am selben Nachmittag fuhr er ein drittes Mal zu ihrer Oma.

Als er wieder bei ihr auf dem Sofa saß, sagte er sofort: „Zoe geht es nicht gut. Sie sollten ihr vielleicht helfen. Ich habe sie wieder nicht verstanden, sagt sie, und vielleicht stimmt das auch – aber ich meine ... es wird ein Elterngespräch geben, weil sie einen Bio-Test leer abgegeben hat und nur draufgeschrieben hat, also ... ungefähr ... ‚Das Leben lässt sich nicht in Worten, nein, Testfragen und Antworten einfangen, und wenn man es doch so macht, tötet man es.' Das hat sie mir nach vielen Bitten gestanden, und als ich es nicht sofort verstand, war sie zutiefst enttäuscht und ist weinend weggerannt...“
„Hat sie es denn erwartet?“
„Nein, hat sie nicht – aber ich habe sie trotzdem enttäuscht. *Ich* habe sie enttäuscht... Es ist nicht ihre Schuld. Sie hat es gar nicht erwartet. Dennoch... Ich glaube, es hat mir noch nie etwas so wehgetan wie das: Sie heute weinend so wegrennen zu sehen...“
„Weil du sie liebst.
„Ja – weil ich sie liebe...“
„Du liebst sie wirklich unglaublich – aber das reicht ihr nicht, nicht wahr?“
„Es geht jetzt nicht um mich, Frau Weber. Bitte helfen sie ihr – sie sah wirklich schlecht aus. Richtig schlecht...“

„Ja, ich verstehe, Tom“, erwiderte die alte Frau. „Danke, dass du gekommen bist. Vielleicht sollte ich dir mal meine Telefonnummer geben. Falls das noch öfter vorkommt.“ Nach einem leisen, gütigen Schmunzeln fuhr sie ernst fort: „Ich werde sehen, was ich tun kann. Ich verspreche es dir.“
„Aber es ist dringend, glauben Sie mir!“
„Ja, Tom. Das habe ich absolut verstanden. Bitte glaub mir.“
„Ich mache mir solche Sorgen um Zoe...“
„Ja, das sehe ich.“
„Dann ... gehe ich mal wieder...“, sagte Tom zögernd.
„Bist du denn mit dem Gesang der Vögel weitergekommen?“, fragte die alte Frau gütig.
„Nein“, erwiderte er hoffnungslos und ließ sich wieder auf das Sofa sinken.

„Ich denke", sagte ihre Oma, „es hat beides unmittelbar miteinander zu tun. Man kann das Leben nicht in Testfragen und Antworten einfangen. Es gibt nur einen Weg: man muss es *lieben*, wahrhaft lieben..."

„Aber wie verstehe ich den Gesang der Vögel?"

„Auch nur so... Indem du lernst, sie zu *lieben*..."

„Manchmal glaube ich, ich werde das nie können – weil sie mich doch gerade von Zoe *trennen*. Wären sie nicht, würde sie mich doch vielleicht lieben, schon jetzt. Sind sie nicht auch eine Testfrage, eine, die Zoe mir stellt?"

Die alte Frau sann kurz nach. Dann sagte sie:

„Vielleicht... Aber sie sind eine lebendige Testfrage, oder nicht? Und es ist nicht einfach ein Test. Es ist ihr so wichtig, dass du es bestehen *musst*, um sie zu verstehen. Nicht *sie* trennen dich von Zoe. Dass du sie noch nicht liebst, trennt dich von ihr."

„Aber wenn sie den Gesang der Vögel auch verloren hat – bedeutet das nicht, dass ich die Vögel sogar noch mehr lieben muss als sie?"

„Ja, du hast Recht, vielleicht ist ihre lebendige Prüfung ungerecht. Aber ich glaube, so ungerecht ist sie nicht. Sie verlangt von dir nicht *mehr* als das, was sie kann. Lerne das, was *sie* kann. Das wird immer ausreichend sein."

„Aber sie hatte ein Leben lang Zeit! Ich habe überhaupt keine Zeit..."

„Dafür braucht es keine Zeit. Dafür braucht es etwas anderes..."

„Was denn?"

„Hast du dich in Zoe nicht auch auf gewisse Weise von einem Moment zum anderen verliebt?"

„Ja, vielleicht ... aber was hat das damit zu tun?"

„Denk darüber nach..."

*

Auf dem Rückweg zermarterte er sich sein Gehirn. Sollte er sich etwa auch in die Vögel verlieben? Vögel lieben... Gesang der Vögel. Wiederbringen. Sprache verstehen. Das Leben einfangen. Nicht in Testfragen und Antworten. Das Leben töten... Irgendwann drehte sich in seinem Kopf alles. Und dann dachte er wieder nur an Zoe – und wie blass und zerbrechlich sie heute ausgesehen hatte...

Zoe freute sich, dass ihre Oma noch an jenem Abend anrief, und nachdem sie eine kleine Weile gesprochen hatten, begann sie auch schon, ihr ihr Herz auszuschütten.

Ihre Oma versprach, zu helfen, und erreichte bei ihren Eltern und bei der Schule, dass sie bei dem Gespräch drei Tage später dabei sein konnte. So saßen sie schließlich zu viert – denn auch Zoe war dabei – der Biologielehrerin und dem Fachbereichsleiter für Naturwissenschaften gegenüber.

„Also", sagte die Lehrerin nach der Begrüßung, „wir haben Sie heute hergebeten, weil Zoe den letzten Test leer abgegeben hatte."
Niemand sagte etwas, nur ihr Vater nickte.
Die Lehrerin räusperte sich kurz und fügte dann hinzu:
„Das Problem ist, dass wir das dann mit einem ‚Ungenügend' in der schriftlichen Leistungsprüfung bewerten müssen."
„Aber Zoe weiß doch eigentlich alles...", sagte ihre Mutter.
„Darum geht es ja nicht", erwiderte die Lehrerin. „Was die Kinder im allgemeinen wissen oder nicht wissen, wissen wir doch auch. Es zeigt sich ja meist auch in der mündlichen Mitarbeit. Aber da ist Zoe in letzter Zeit leider auch stiller geworden. Und die schriftlichen ‚Lernerfolgskontrollen' sind nun einmal der zweite Bestandteil für die Notengebung..."
„Wir haben schon mit ihr darüber gesprochen. Natürlich weiß sie das alles...", sagte ihr Vater.
„Und was ist der ‚Zweck' dieser Notengebung?", erkundigte sich ihre Oma.
„Der Zweck ist", erwiderte der Fachbereichsleiter, „die Dokumentation des Leistungsstandes in dem entsprechenden Fach."
„Des Leistungsstandes oder des Wissensstandes?"
„Des Leistungsstandes. Wer mündlich nicht mitmacht, obwohl er alles weiß, muss im Mündlichen leider mit ‚ungenügend' bewertet werden. Und wer im Schriftlichen einen Test abgibt, auf dem nichts steht, muss infolge einer Leistungsverweigerung dort dann leider auch mit ‚ungenügend' bewertet werden."
„Es geht also nicht um Wissen, sondern um Gehorsam und Ungehorsam?"

„Liebe Frau Weber, wir wollen es doch nicht auf diese Ebene ziehen, sondern lieber sehen, was wir *konstruktiv* tun und wie wir mit der Situation so umgehen können, dass Zoes Bewertungen am Ende des Schuljahres nicht gefährdet sind..."

„Das habe ich *auch* vor", erwiderte ihre Oma. „Aber vor allem möchte ich, dass es Zoe gut geht. Und es könnte sein, dass hierzu etwas ganz *anderes* nötig ist, als auf einem Leistungsgehorsam zu bestehen."

Die Lehrerin schaute den Fachbereichsleiter ratlos an.

„Die Sache ist", sagte dieser, dass die Schule nun einmal immer wieder auf Leistungs- und Wissenstandsbewertungen angewiesen ist – und dass es Zoe ja auch ein Leichtes gewesen wäre, auf die Fragen zu antworten."

Ihre Eltern schauten das Mädchen an, aber ihre Oma erwiderte: „Wenn es ihr ein *Leichtes* gewesen wäre, hätte sie es ja getan, oder meinen Sie nicht? Aber offenbar lag ihr etwas so *schwer* auf der Seele, dass sie zu dem ungewöhnlichen Schritt der von Ihnen so genannten ‚Leistungsverweigerung' greifen musste. Ich sehe in dem, *was* sie geschrieben hat, keine Leistungsverweigerung, sondern eine ganz klare *Aussage*."

„Ich weiß nicht, was Sie meinen", sagte der Fachbereichsleiter nun leise gereizt und nahm kurz ein kleines Blatt, um abzulesen. „‚Man kann das Leben nicht in knappe Testfragen und Testantworten fassen.' Wer hat das denn behauptet? Es ging um Testfragen zu ganz bestimmten Wissensgebieten. Das hat mit dem Leben zu *tun*, es *ist* natürlich nicht das Leben, es fragt nur Wissen über das Leben ab. Das ist doch wohl nicht zuviel verlangt. Das geschieht auf sämtlichen Gebieten fortwährend!"

„Ich glaube, Sie können sich nicht so sehr in dieses junge Mädchen hineinversetzen, dass dieses *Leben* mehr liebt als jeder andere?"

„Das ist auch nicht meine Aufgabe. Auch ist es nicht die Absicht einer Lernerfolgskontrolle, den Gefühlshaushalt eines jungen Mädchens durcheinanderzubringen. Bisher hatte auch nichts bei Zoe darauf hingedeutet. Ich frage mich, ob nicht noch etwas *anderes* eine Rolle spielt, dass sie da jetzt vielleicht auf einmal ein wenig überreagiert hat..."

„Was meinen Sie?", fragte ihr Vater.

„Es gibt im Leben von jungen Mädchen ja vieles, was die Psyche ein wenig durcheinanderbringen kann – und manchmal ist das in dieser Zeit auch einfach ganz ohne Anlass der Fall und gibt sich wieder. Die Frage ist einfach nur, was wir jetzt mit diesem Test machen sollen...“

„Sie lassen sie ihn noch einmal schreiben.“

„Das geht nicht, sie kennt ihn ja schon.“

„Dann eben einen ähnlichen.“

„Und wenn sie Ihnen wieder das Gleiche aufschreibt?“, fragte ihre Oma, die den hilflosen Blick des Mädchens sehr wohl aufgefangen hatte.

Die Gereiztheit des Fachbereichsleiters steigerte sich merklich.

„Hören Sie, Frau Weber. In diesem Fall wäre das vielleicht etwas für ein Gespräch mit einem Psychologen Ihrer Wahl. Wie gesagt – ich will das nicht überdramatisieren. Das kann sich ganz schnell wieder geben – und tut es ja in den allermeisten Fällen auch. Allerdings wird es das *kaum* tun, wenn Sie hier fortwährend eine Leistungsverweigerung verteidigen und Zoe nach dem Mund reden. Sie wird auch später noch oft genug vor *ähnlichen* Situationen stehen. Und wie will sie denn Abitur machen, wenn sie in einem Leistungsfach hinschreiben würde: ‚Tut mir leid, das lässt sich nicht mit kurzen Testfragen einfangen‘?“

Der Vater nickte wieder.

Die Mutter sah ratlos zu Zoe hin.

Ihre Oma fragte das Mädchen:

„Möchtest du etwas sagen, Zoe?“

Sie aber war dem Weinen nahe und brachte nur hervor:

„Mir ist hundeelend...“

Da sagte ihre Oma:

„Ich sehe nur, dass Sie hier ein Mädchen grundlegend nicht verstehen – es nicht einmal *versuchen*. ‚Für einen Hammer ist alles ein Nagel‘, sagt man. Ihr System ‚Schule‘ kann nur in mündlichen und schriftlichen ‚Leistungstests‘ und ‚Lernerfolgskontrollen‘ denken – und letztlich *ist* das einfach Gehorsam, nichts anderes. Sie haben überhaupt nicht *verstanden*, was Zoe eigentlich ausdrücken wollte. Und warum? Nicht etwa, weil sie keine *Lust* hatte – sondern weil sie einfach nicht *ertrug*, was hier stattfindet. Das ist keine Leistungsverweigerung, das ist eine Unmöglichkeit, zu tun, was hier gefordert wird. Sie wollen *tatsächlich* das Leben in bestimmten Testfragen einfangen – und es auf diese Weise abfragen. Für Zoe sind das Leben und das Wissen über das Leben überhaupt nicht getrennt. Für sie ist es daher *unerträglich*, dieses Wirkliche in abstrakten, toten, standardisierten Testfragen abzufragen. Sie muss sich dem verweigern – so, wie sich ein lebendiger Leib weigern muss, Gift zu trinken, weil er sonst nichts anderes tun könnte, als zu erbrechen. Sie haben Zoe Gift gegeben – und Zoe *hat* erbrochen. Das und nichts anderes haben sie hier auf dem Tisch zu liegen. Ihre Worte sind das, was das Gift ausgelöst hat. Sie musste es *von sich geben*, es war ein absoluter Notfall!"

„Wie appetitlich!", sagte der Fachbereichsleiter sarkastisch. „Und wie völlig, wie *maßlos* übertrieben!"
„Sie haben es noch immer nicht verstanden!", erwiderte ihre Oma kalt.
„Das reicht doch jetzt mal endlich!", sagte ihr Vater nun entschlossen. „Es muss doch wohl möglich sein, dass das Kind einen einfachen Test –"
„Das Kind hat einen *Namen*, Werner", unterbrach ihre Oma scharf. „Und offenbar *war* es kein einfacher Test, sondern für Zoe eine Katastrophe. Ihr habt offenbar alle nicht verstanden, worum es hier wirklich geht!"
„Das ist auch nicht zu verstehen, Frau Weber. Ein Psychologe *kann* so etwas verstehen – in dieser Hinsicht können wir versuchen –"

„Ich halte das nicht mehr aus!", rief Zoe und sprang auf. Dann rannte sie aus der Tür, und selbst ihr Vater konnte sie nicht einholen, tauchte aber auch nicht wieder auf, versuchte es also offensichtlich.
Ratlos blieben ihre Mutter und die beiden Schulvertreter zurück, und ihre Oma sagte:
„Da sehen Sie, was Sie angerichtet haben."
„Nein, was *Sie* angerichtet haben, Frau Weber. Ich empfehle Ihnen", wandte er sich nun an ihre Mutter, „und ihrem Mann dringend, einen Psychologen einzuschalten. Wir können hier nichts

weiter tun. Ich hatte sehr gehofft und war sogar davon ausgegangen, dass wir hier heute Abend in einem konstruktiven Gespräch die Dinge wieder irgendwie bereinigen hätten können. Stattdessen hat der Verlauf des Gesprächs meine schlimmsten Erwartungen übertroffen. Es war ein absoluter Fehler, Frau Weber die Teilnahme zu erlauben. So etwas kommt nicht mehr vor..."

„Damit Sie um so besser mit Gehorsam und bloßem Funktionieren arbeiten können!"

„Nein, Frau Weber – sondern damit wir die uns anvertrauten Kinder nicht unnötig *hysterisch* machen, sondern ihnen helfen, mit den ganz normalen, täglichen Anforderungen unserer Gesellschaft gut zurechtzukommen."

„Ja – ich weiß: Anpassung ist alles."

„Ihnen ist ja nicht zu helfen. Vielleicht brauchen Sie auch einen Psychologen."

„Könnten Sie das bitte noch einmal wiederholen?"

„Sie haben mich schon verstanden. Ich bitte Sie jetzt, das Gebäude zu verlassen. Das Gespräch ist leider zu Ende."

Und zu Zoes Mutter gewandt:

„Es tut mir aufrichtig leid, Frau Weber, dass das Gespräch *diesen* Verlauf genommen hat. Ich hoffe, ihr Mann konnte ihre Tochter einholen, und die Sache wird sich noch heute Abend schon etwas beruhigen. Und im Übrigen nehmen Sie bitte meine dringende Empfehlung an: Wenden Sie sich an einen Psychologen Ihres Vertrauens..."

Ihre Mutter war völlig überfordert mit der Situation und bedankte und verabschiedete sich nur verwirrt. Der Großmutter wurde nicht einmal die Hand gegeben...

Zoe sollte zunächst zwei, drei Tage zu Hause bleiben. Als sie zu ihrer Oma fahren wollte, verbot ihr Vater dies. Er nahm ihr sogar das Handy ab. Und als sie spazieren gehen wollte, wollte ihr Vater ihr dies auch untersagen, aber jetzt sagte ihre Mutter verzweifelt: „Du kannst das Kind nicht *einsperren*, Werner!"

„Und wer sagt dir, dass sie nicht trotzdem zu Emilie fährt?"

„Das wird sie nicht."

„Ich lasse sie nicht alleine raus!"

„Dann nehme ich eben einen *Aufpasser* mit!", sagte Zoe. „Tom vom Nachbarhaus wollte sowieso schon lange *auch* mal mit mir spazieren gehen."

„Na, das trifft sich doch gut. Wenn ich sehe, wie ihr zusammen in den Wald geht, könnt ihr das gerne ein Stündchen machen."

„Ich bin *nie* nur ‚ein Stündchen' im Wald!"

„Heute schon."

„Du willst mich gefangen nehmen."

„Ich will nur dein Bestes."

„Das *ist* aber nicht mein Bestes."

„Genieß' einfach den Spaziergang mit dem Jungen von nebenan, Schätzchen. Komm mal ein bisschen runter..."

Zoe sah, dass sie nichts ausrichten konnte. Verzweifelt ging sie am frühen Nachmittag, als Tom Schulschluss hatte, zum Nachbarhaus und klingelte, während sie sich von ihrem Vater beobachtet fühlte. Als Tom von seiner Mutter geholt worden war, sagte sie:

„Ich möchte mit dir spazieren gehen, hast du bitte Zeit?"

„Ja, aber wie –"

„Dann mach schnell, mein Vater beobachtet uns! Ich darf nur mit Aufpasser raus. Ich habe gesagt, du wolltest eh schon lange mit mir spazieren gehen."

Er beeilte sich, und als er draußen neben ihr stand, winkte sie kurz in Richtung ihres Hauses.

Als sie dann die Straße zum Wald entlanggingen, sagte er:

„Ich wollte sowieso bei dir klingeln, Zoe, um zu fragen, wie es dir geht..."

73

„Ich muss zu meiner Oma, Tom! Wie komme ich jetzt nur von hier zum Bahnhof, ohne dass ich nochmal an unserem Haus vorbei muss?"

„Das geht glaube ich gar nicht. Willst du nicht lieber mit ihr telefonieren?"

„Ich habe kein Handy. Mein Papa hat es mir weggenommen."

„Dann nimm doch meins."

„Aber ich will zu ihr! Ich kann das nicht am Telefon."

„Du kannst sie doch wenigstens anrufen."

„Ich hab ja nicht mal ihre Nummer. Ich kann sie nicht auswendig."

Tom druckste eine Weile herum.

„Zoe?"

„Ja?"

„Ich hab die Nummer deiner Oma..."

„Was!? Wie das?"

„Das ist eine lange Geschichte... Vielleicht rufst du sie lieber erst an..."

„Was – nein! Erst will ich wissen, wieso du die Nummer von meiner Oma hast!"

„Zoe, ganz ruhig ... ich..."

„Woher hast du sie!?"

„Sie war in deinem Portemonnaie..."

„Das stimmt nicht! Da steht nur ihre Adresse! Warst du an meinem *Portemonnaie?"*

„Zoe ... bitte geh weiter. Vielleicht beobachtet dein Vater uns ja noch..."

„Warst du an meinem Schulranzen!?"

„Zoe – ich war so verzweifelt, dass ich damals, als ich vor Chemie noch das Klassenbuch holen sollte, vor deinem Ranzen gekniet habe, nicht absichtlich ... am Anfang ... aber ich wurde so angezogen ... ich habe dich so geliebt ... dass ich irgendetwas gesucht habe, was mir helfen könnte ... dir näher zu kommen. Und da entdeckte ich dann diese Adresse... Und ich war zweimal bei deiner Oma ... und habe sie gefragt ... nach dem Gesang der Vögel ... und sie hat mir nichts gesagt, was dich hätte betrügen können ... ich bin noch immer ratlos ... aber ich *suche* die Antwort, Zoe ... du siehst mich ja ... du siehst mich ja im Wald ... weil ich dich so sehr liebe, versuche ich noch immer, die Antwort zu finden ... deine Oma hat mir nichts verraten, Zoe ... sie war viel zu streng mit mir, viel zu sehr ... und sie wollte es dir auch sagen ... sie wollte nichts hinter deinem Rücken machen, nicht einmal über dich reden..."

„Habt ihr über mich geredet!?"

„Nein, glaub mir doch, Zoe... Ich musste immer fast unverrichteter Dinge wieder wegfahren."

„Was hat sie dir denn gesagt?"

„Sie hat mir gesagt, ich dürfte nicht einfach so glauben, dass ich deiner Liebe wert wäre. Und die einzige Möglichkeit, deine Aufgabe zu lösen, wäre es, den Wald und die Vögel so lieben zu lernen wie du..."

„Aber wieso hat sie mir nichts gesagt? Sie hat doch neulich sogar angerufen!"

„Das hat sie auch nur, weil ich noch ein drittes Mal bei ihr war – als es dir an dem Tag so schlecht ging. Ich habe ihr gesagt, dass du ein Elterngespräch haben würdest. Und sie hatte versprochen, dir zu helfen... Ich hatte solche Angst um dich..."

„Sie hat mich ... wegen *dir* angerufen?"

„Ja – ich denke schon."

„Und mir nichts gesagt?"

„Zoe ... wäre denn der richtige *Moment* gewesen?"

„Aber sie hätte es doch vorher tun können!"

„Ist das denn jetzt wichtig?"

„Ja – ich weiß überhaupt nicht mehr, wem ich jetzt noch *vertrauen* kann... Ich fühle mich umgeben von..."

„Von zwei Menschen, die dich *lieben*, Zoe! Verstehst du denn nicht? Was ist denn gestern überhaupt passiert? Wie ist es gewesen, das Gespräch?"

Jetzt musste sie aufschluchzen.

„Es war *furchtbar!* Die Einzige, die zu mir gehalten hat, war *Oma!"*

Vorsichtig legte er seinen Arm um sie.

„Also war sie sogar da... Na, siehst du... Deine Oma ist die wunderbarste Frau, der ich je begegnet bin..."

„Weil sie dir hilft, *hinter* meinem Rücken mich kennenzulernen!"

„Nein, Zoe ... du täuschst dich noch immer... Sie hat alles getan, um mir *nicht* zu helfen. Sie hat es mir mehr als einmal ausgeredet. Ich habe es nur nicht zugelassen, dass sie das schafft...“
„Und dann hat sie dir geholfen...“
„Sie hat mir nur geholfen, dich besser zu verstehen. Und selbst damit hat sie mir nicht geholfen. Sie hat mir nur gesagt, was ich *tun* müsste, um das zu schaffen...“
„Und was?“
„Das habe ich doch schon gesagt. Ich muss selber lernen, den Wald so zu lieben wie du...“
Nun musste sie noch mehr aufschluchzen.
„Ich kann nicht mehr, Tom... Es ist – alles zu – viel für mich...“

Nun konnte auch er nicht mehr... Er nahm sie kurz in seine Arme, und kurz ließ sie es zu und schluchzte gegen seine Schulter. Aber nur, um sich bald darauf wieder zu lösen.
Hilflos brachte sie hervor:
„Ich weiß nicht, was ich machen soll...“
Er reichte ihr sein Handy.
„Ruf sie an, Zoe. Deine liebe, deine beste, wunderbare Oma.“

Sie waren außer Sichtweite ihres Vaters.
So blieb sie stehen und wählte die von ihm vorbereitete Nummer.
„Hallo, Oma? ... Ja, ich bin's. ... Ich stehe gerade mit Tom auf der Straße zum Wald, weil Papa mich nur unter Aufsicht rausgelassen hat. Ich wollte eigentlich zu dir, aber ich komme nicht mal zum Bahnhof. Und Tom sagte, ich solle dich anrufen. Und er sagte, dass er deine Nummer – weil ich sie nicht habe – von dir hat, weil er an meinem Schulranzen war, und dann war er bei dir, dreimal, und zweimal hat er hinter meinem Rücken mit dir über mich geredet, aber er sagt, du hast ihm nicht geholfen, also nicht wirklich, und er mag dich sehr, aber“, sie musste wieder aufschluchzen, „warum hast du mir *nichts* gesagt, Oma?“
Schluchzend und schniefend hörte sie jetzt lange zu, und er hörte nur angedeutet die Stimme ihrer Oma, konnte jedoch kein Wort unterscheiden.
Zoe schien sich langsam zu beruhigen. Und dann, am Ende, fragte sie schließlich:

„Und was mache ich jetzt? Ich will zu dir, Oma! Papa sagt, er schaltet einen Psychologen ein, und dann würden wir – ,wir' hat er gesagt – ,die Dinge schon in den Griff bekommen'. Verstehst du? So wollen sie es machen ... mit mir... Sie wollen es ,in den Griff bekommen'...."
Wieder hörte sie lange zu – und ihm zerschnitt es das Herz, sie so zu sehen, ihre Worte gehört zu haben. Er liebte sie so sehr, dass ihm wieder die Tränen kamen, und er sie sich vorsichtig weg-wischte...

Schließlich reichte sie ihm das Handy wieder.
„Was hat sie gesagt?", erkundigte er sich vorsichtig.
„Sie hat gesagt ... wir sollten warten, bis mein Vater sich wieder etwas beruhigt hat. Jetzt zu ihr zu kommen, würde gar nichts nüt-zen, sondern es noch schlimmer machen. Bei nächster Gelegenheit sollte ich dann kommen – vielleicht sogar mit dir. Sie hat gesagt, vielleicht sogar mir dir. Sie fand das gut ... und sogar wichtig, ich weiß nicht warum. Aber falls es gar nicht geht ... mit meinem Va-ter, meine ich ... dann ... dann müssten wir telefonieren. Also mal sehen, meinte Sie, ein paar Tage abwarten, einfach... Und ... und jetzt sollte ich mit dir einfach schön spazieren gehen..."
Wie sehr er diese alte Frau liebte!
Aber das Mädchen neben ihm tat ihm so unendlich leid! Sie schien so zerbrochen, so elend, wie er es kaum ertragen konnte.
„Dann *tu* das doch, Zoe...", sagte er so warm, wie er noch nie zu-vor zu irgendwem gesprochen hatte. „Bitte tu es doch... Ich wün-sche mir doch nichts *mehr*... Und ich tu dir doch nichts..."
Wieder musste sie aufschluchzen.
„Nein...", brachte sie hervor. „Ich weiß... Ich weiß, Tom... Es ist nur alles so furchtbar..."
„Komm, Zoe...", sagte er beruhigend und legte seinen Arm um sie. „Komm einfach... Es wird schon wieder... Wir werden das alles schaffen... Ich bin immer da, wenn du mich brauchst... Nur *wenn*, meine ich..."
Noch einmal schluchzte das Mädchen in seinem Arm auf. Dann kam sie mit ihm...

*

Als sie in den Wald eingetreten waren und dieser sie umfing, mit seinem immer herbstlicher werdenden Atem, da war es wie eine andere Welt.

Er hatte schon zuvor seinen Arm nach einiger Zeit wieder zu sich nehmen müssen, weil er es nicht verstand, mit einem Mädchen im Arm zu laufen, es ging einfach nicht wirklich, wofür er sich eigentlich nur selbst schämte. Aber sie hatte auch keine Reaktion gezeigt – ob sie es bedauerte oder vielleicht sogar erleichtert war...

Das Mädchen neben ihm ging so lange schweigend, bis er schließlich zögernd fragte:
„Zoe ... ist jetzt nicht ... wenigstens ein guter Zeitpunkt ... ich meine ... wo du es mir *sagen* könntest...?"
„Was denn sagen...", erwiderte sie fast tonlos.
„Na, mit dem Wald... Warum du den Wald liebst... So sehr, meine ich."
Das Mädchen schwieg weiter. Schließlich sagte sie müde:
„Damit du zufrieden sein kannst?"
„Zufrieden?", stotterte er. „Wieso ‚zufrieden'?"
„Damit du dann denkst, du hättest es verstanden?"
„Nein...", stammelte er wieder. „Nein – sondern..."
„Sondern was denn...", fragte sie in dieser unendlich erschöpften, einsamen Weise.
„Sondern", erwiderte er leise, „weil ich dich *verstehen* möchte..."
„Ja – du denkst dann, du tätest das..."
„Nein – ich denke...", sagte er verzweifelt, „ich weiß nicht, was ich denke. Ich *will* es einfach nur, Zoe. Ich will es einfach nur *versuchen*... Warum gibst du mir denn nie eine Chance... Warum habe ich denn nie ... warum ... warum denkst du immer schon das Schlechteste von mir... *Bin* ich *so schlecht*...?"

Das Mädchen schwieg weiter. Spürte er eine Betroffenheit? Er spürte auf jeden Fall sein eigenes Selbstmitleid – oder das wirkliche Unrecht...
Dann, unvermittelt, hörte er ihre nun leise Mädchenstimme, deren Reinheit ihn immer wieder so unglaublich berührte:

„Du kannst vielleicht nichts dafür, Tom... Ich bin es einfach *gewohnt*, dass ... dass mich niemand versteht. Was ... was soll man auch anderes denken, wenn ... wenn es einem immer wieder *bewiesen* wird. Und wenn es auch bei dir nicht anders sein wird? Ich weiß es doch, Tom! Ich weiß doch, wie es ist. Alle wollen immer nur ,verstehen' – wenn sie es *überhaupt* wollen –, um sich hinterher *einbilden* zu können, sie hätten irgendetwas verstanden! Aber verstehen könnten sie doch nur, wenn sie auch *vorher* schon verstanden hätten. *Selbst*, verstehst du? Alles andere geht doch gar nicht... Oder ist nicht das wirkliche Verstehen... Das ist doch nun einmal so...“

Sie ging ein paar Schritte, und er meinte schon, sie hätte damit wieder alles gesagt, aber sie fuhr fort:

„Der Einzige, der mich je verstanden hat – und zwar eigentlich fast immer –, war Oma. *Sie* hat mich *immer* verstanden. Ohne sie könnte ich mir das Leben eigentlich gar nicht vorstellen. Schon *das* kann man nicht beschreiben. Meine Eltern glauben, sie täten viel für mich – und das tun sie vielleicht auch –, aber es ist alles nichts gegen das, wenn ich an meine Oma denke. Und man *kann* das einfach nicht beschreiben! Es ist, wie wenn *alles* mit meiner Oma zu tun hätte – wie ich fühle, wie ich denke – alles, alles, alles! Mit meinen Eltern hat es *nichts* zu tun...“

„Hat deine Oma ... dir Dinge *erklärt*?“, fragte er vorsichtig. „Erklärt?“, fragte Zoe verständnislos. „Was meinst du mit ,erklärt'? Ich weiß nicht, was du meinst... Nein. Sie war einfach *Oma*. Ich sage doch, man kann es nicht beschreiben. Aber sie hat mir *Märchen* erzählt, wenn wir bei ihr waren. Märchen – ja, das weiß ich noch. Und das war alles *wichtiger* für mich als alles andere. Ich glaube, ich wollte sogar immer dieselben wenigen Märchen hören – aber *das* war für mich die wirkliche Welt! Eine große Welt im Kleinen – ich meine: das hier war die kleine Welt, und die Märchen waren die große Welt, die *eigentliche*. Ja, ich weiß, das verstehst du nicht...

Und sie ist mit mir in die Natur gegangen. In die Felder, in die Wiesen, in den Wald... Bei ihr gab es *alles*. Und alles lebte. Alles. Jedes Blatt, jeder Stock. Mit Oma lebte *alles*. Und es stimmte. Es war nicht erzählt – es war Wirklichkeit. Oma hat nie erzählt – alles, was Oma sagte, ist wahr. Man denkt heute, es sei andersherum, aber ich weiß, dass es nicht so ist. Ich weiß, dass andere Menschen keine Ahnung haben. Oma kennt die Wirklichkeit – und andere Menschen *meinen* das nur. Und alle, die so meinen, wissen gar nichts – aber sie sind die Bestimmer. Und deswegen ist die ganze Welt so schlimm. Weil sie alle nichts verstehen."

Er hatte Angst, dass er nun auch an ‚Märchen' glauben sollte, aber seine Liebe zu dem Mädchen neben ihm war so groß, dass er vor lauter Sehnsucht nur leise bat:
„Erzähl doch bitte *weiter*, Zoe..."
Aber das Mädchen schwieg nun plötzlich. Bis sie dann unvermittelt begann:
„Die Vögel sind wie die *Seele* des Waldes, Tom. Und die Blumen sind wie Augen. Die Stämme sind wie eine starke Ruhe. Eine starke Ruhe. Sie flüstern: Dir kann nichts passieren, Zoe. Wir sind da... Wir sind alle da... Und der Schmetterling, und die Luft, und der Geruch, und die Wärme, und das Licht. Hier ist das wirkliche Leben. Auch hier ist eine *Welt*. Und hier ist die eigentliche Welt. Und das da draußen", sie wies nach hinten, wo sie herkamen, „das ist die *un*eigentliche Welt, die kleine, die nicht wahre, die ... die auch alles *kaputtmacht*. Verstehst du? Die alles kaputtmacht."

„Und die Vögel...?", fragte er leise. „Der Gesang der Vögel?"
Wieder verstummte das Mädchen. Wieder hatte er Angst, sie würde nichts mehr sagen. Und wieder begann sie irgendwann leise von neuem:
„Ich verliere ihn auch... Ich weiß nicht, was ich tun kann. Ich verliere ihn auch... Sogar ich... Ich weiß nicht, was ich tun soll. Oma sagt, er wird zurückkehren. Aber ich habe das Gefühl, ich verliere *alles*. Ich habe das Gefühl, es stürzt alles zusammen..."
Er konnte sich darunter nichts vorstellen. Aber er versuchte, in irgendeiner Verbindung mit ihr zu bleiben.
„Konntest du ... vorher ihre ‚Sprache' verstehen?"
„Ich konnte unendlich vieles verstehen. Weil ich *dazugehörte*, Tom. Das verstehst du einfach nicht. Es war keine Sprache. Und doch *wusste ich alles*. Und jetzt verliere ich alles... Die Vögel sind die Seele, Tom – die Seele des Waldes. Und jetzt verliere ich sie..."

Noch immer verstand er eigentlich kein Wort.
„Und wenn du *auch* singst?"
Irgendeine tiefe Sehnsucht, ihr zu helfen, hatte ihr diesen Gedanken eingegeben, und er schämte sich sogar dafür, zu meinen, ihr irgendeine Idee unterbreiten zu können, die *nicht* absolut nutzlos wäre.

„Was?"
„Ich meinte nur...", sagte er, selbst nicht mehr daran glaubend.
Dennoch erschien vor seinem inneren Auge ihr Bild – singend, wie eine Art heiliger Engel, eine zutiefst liebliche Mädchengestalt, auch wenn sie sicherlich nur seiner eigenen Sehnsucht entsprang.
Zoe schwieg, wie so oft.
„Ich meine nicht", stammelte er, „*jetzt* oder so... Ich meinte nur ... ich weiß selbst nicht... Ich wollte nicht – –"
Sie schwieg noch immer. Er fühlte sich hundeelend.
Schließlich sagte sie leise:
„Ich werde es ausprobieren, Tom. *Danke*..."
Er war überwältigt. So sehr, dass er den Wunsch hatte, darauf hinzuweisen, dass die Idee nicht sonderlich viel wert sein könne, weil sie ja nur von ihm stammte...
„Ich wollte nur ... ich hab keine Ahnung ... ich meine, *ich* kann dir sicherlich wirklich am *wenigsten* helfen. Du hast schon Recht... Also – –"
Jetzt blieb sie auf einmal stehen. Sah ihn an. Und sagte:
„Das sind die Wichtigsten... Frag bitte nicht..."

Und schon ging Zoe wieder weiter.
Verwirrt und geradezu erschüttert über diesen einen Moment, in dem ihr ganzer wunderschöner Blick ihn traf, *ohne* ihn zu tadeln, ja vielmehr, um ihm irgendetwas zu schenken, irgendetwas Geheimnisvolles, etwas, was ihn heiß und zart bis ins Innerste durchfuhr, beeilte er sich, wieder an ihre Seite zu kommen, auch innerlich...
Nach einer ganzen, langen Weile sagte sie nun ihrerseits zögernd:
„Vielleicht ... vielleicht habe ich mich in dir getäuscht, Tom. Ich meine, in umgekehrter Weise... Vielleicht ... nein ... ich glaube, ich habe dir wirklich Unrecht getan, Tom. Ich glaube ... ich glaube, du bist der *erste* Mensch, der mir begegnet, außer meiner Oma, der ...

der *nicht* meint, sofort Recht zu haben... Der ... der mir ... zum ersten Mal ... so etwas wie ... so etwas wie *zuhört*..."
Tom meinte in diesem Moment, sein Herz zerspringen zu fühlen – vor Glück. Vor Glück, diesem Mädchen und seinem einsamen, zarten, heißen, sanften, verletzlichen Wesen ... etwas *bedeuten* zu können.

„Und ich weiß eigentlich gar nichts über *dich*...", hörte er ihre sanfte Stimme nun wieder. „Außer, dass du immer mit diesen anderen Jungen zu tun hattest, und ebenso geredet hast und auf dieselben Handys geglotzt hast und all das. Und dass du Fußball spielst. Aber ansonsten weiß ich eigentlich *gar nichts* ... von dir..."
Wieder durchzog ihn unmittelbar ein heißer Strom der Scham. Was konnte er darauf denn nun erwidern? Das war ja nun einmal die Wirklichkeit. Es gab nichts, was er dem hinzufügen konnte. Außer eines – was sie aber auch schon wusste.
„Du weißt, dass ich ... dass ich dich ... du *weißt* es, Zoe... Du ... du hast vergessen, *das* zu erwähnen..."
„Ja...", sagte sie leise.
Nun machte er eine lange Pause. Schließlich hatte er den Mut, es auszusprechen.
„Darüber hinaus, Zoe ... gibt es ... gibt es von mir leider ... wirklich nichts zu sagen..."
Er fühlte sich zutiefst unwürdig – und empfand einen stillen, winzigen Wert allein dadurch, dass er ... dies zugab...

Nun schwiegen sie beide. Er spürte, wie sie über diese Dinge nachsann – und versank nur tiefer in Scham, bis sie schließlich leise sagte:
„Aber wie kann dann ... so jemand wie du ... sich für ... für so jemanden wie mich *interessieren*? Wie geht das...?"
Er fühlte sich nicht in der Lage, darauf zu antworten. Und zugleich gab es keine Frage, die ihm sinnloser erschien. Es schien alles so *offensichtlich*. Und dennoch hatte er dafür keine Worte.
„Du...", fuhr sie nach einer kleinen Weile fort, „müsstest doch ... müsstest dich doch eigentlich *selbst* nicht mehr verstehen, oder? Dass du dich ... in jemanden wie *mich* verliebst hast?"

Fassungslos nahm er diese Worte von ihr hin, wieder in ein verwirrtes Schweigen zurückgeworfen. Schließlich brachte er, fast sogar stammelnd, hervor:
„Ehrlich gesagt ... verstehe ich seitdem die *anderen* nicht mehr... Zoe... Ehrlich gesagt ist es so rum...“
„Du verstehst die anderen nicht mehr?“
„Ja ... und ... ehrlich gesagt ... mich auch nicht mehr. Ich meine ... wie ich bis jetzt war ... und bin... Ich verstehe es alles nicht mehr.“
„Und mich aber auch nicht wirklich, stimmt's? Das heißt, du verstehst *gar nichts* mehr.“
„Ja!“ Er musste leise lachen. „Ja, so ist es eigentlich. Ich verstehe gar nichts mehr...“
„Dann sind wir ja schon zwei...“
Wieder überströmte ihn ein unnennbares Glücksgefühl – denn es schien nur noch *ein* Glück zu geben: Sei es noch die kleinste Zuneigung des Mädchens neben ihm...

*

Zoe fragte sich nun gedankenvoll, nachsinnend:
„Wie kann man sich denn ... in ein Mädchen verlieben, das man nicht versteht ... nur, um alles aufzugeben, was man *bis dahin* verstanden hatte...?“
Tom überlegte. Die Frage war so sanft und so reizvoll wie das Wesen, das sie gestellt hatte.
„Das geht wohl nur, wenn man spürt, das sie *wesentlich wertvoller* ist als all das...“
Er spürte ihre zarte Betroffenheit.
„Aber wenn man es doch gar nicht versteht...?“
„Man muss ja nicht alles verstehen...“, erwiderte er still. „Es reicht doch, zu verstehen, dass es so *ist*. Das Andere kommt ja ganz sicher noch... Wenn man jemanden liebt, *kann* man ihn eigentlich doch nur immer besser verstehen, oder...?“
„Und wenn man sich aber am Ende getäuscht hat...?“, fragte sie leise.
„Worin denn?“
„Dass jemand wertvoll wäre?“

Ihre Frage war so verletzlich, dass ihn schon dies erschütterte. Leise erwiderte er:

„Aber das war doch das Erste, was man überhaupt erkannt hat...“
Er hörte eine Art ganz leises, unterdrücktes Schluchzen.
Dann stammelte das Mädchen neben ihm:
„Du bist so unglaublich *lieb*, Tom... Hast du wirklich ... zu diesen anderen Jungen gehört ... oder bist du ... so eine Art Doppelgänger?“
„Ich bin jetzt ein anderer, Zoe...“

Nach einer ganzen Weile sagte sie:
„Ich ... ich war auch nie besonders schnell, Tom... Ich ... muss ich jetzt *gleich* sagen ... ob du jetzt mein Freund bist oder nicht...?“
Alles, was sie tat, machte ihn immer wieder so glücklich. Selbst ihre Zurückweisungen hätten seine Liebe nie geringer machen können – aber dies nun war ja nicht einmal eine!
„Du musst *gar* nichts, Zoe... Du weißt ja, was du für *mich* bist. Was ich für dich bin ... sollst du an dem wissen, was ich tun kann. Du musst gar nichts *sagen*...“
Zutiefst berührt gestand Zoe:
„Du erinnerst mich gerade ein bisschen an meine Oma.“
Und eine bedeutungsvollere Liebeserklärung hätte das Mädchen in diesem Moment gar nicht machen können.

*

Als Zoe nach diesem ‚Spaziergang‘ wieder in ihr Zimmer zurückkehrte, umwogte sie eine wahre Flut von Eindrücken und Empfindungen. Sie hatte das Gefühl einer leisen Rettung, zumindest eines unfasslichen Trostes. Sie war noch immer zutiefst verzweifelt – aber sie fühlte sich nicht mehr *allein*. Ihre Oma war auch da – aber anderthalb Stunden waren eine ungeheure Entfernung. Nun gab es auch in *ihrem* Städtchen, sogar in ihrer Klasse und sogar in unmittelbarer Nähe jemanden, der sie, wenn auch vielleicht nicht verstand, so doch zumindest verstehen *wollte* und dies versuchte! Und jemand, der offenbar doch sogar einiges verstand – vielleicht sogar vieles. Und sogar jemand, der sie liebte.

Nicht so wie die Großen, die von ,Liebe' sprachen, aber meinten, das Verstehen gehöre gar nicht dazu. Sondern jemand, der von Liebe sprach und der *gerade deswegen* nichts lieber wollte *als* zu verstehen... Und das war erst wirklich Liebe...

Zoe war verwirrt bis ins Innerste. Denn sie selbst hatte sich ja überhaupt nicht verliebt. Und doch berührte dieser Junge auf einmal fortwährend etwas tief in ihr. Er war da in ihrer Not. Er bemühte sich um sie. Er hatte sich verletzen lassen. Er hatte so viel versucht. Er hatte sich verliebt, sein Herz eigentlich schon verloren... Aber *wollte* sie es denn? Sein Herz? O ja, es tat so unendlich gut... Er war so unendlich ... rettend! Aber war sie nicht egoistisch, wenn sie *nur das* fand? Wenn sie ihm nicht auch *ihr* Herz gab? Musste sie das nicht tun? Aber wollte sie es? War es denn auch bei *ihr* Liebe? Oder nur Dankbarkeit...

Das waren ihre Gedanken und Empfindungen, die sie zuletzt quälten, bevor sie einschlief.

Tom wiederum war der glücklichste Mensch auf der Welt. Er wusste nicht, was er tun sollte. Die Liebe zu diesem Mädchen war ihm so heilig, dass ihm alle *gewöhnlichen* Dinge auf einmal profan, ja fast vulgär erschienen. Allein schon die Erinnerung an ihre zarte Mädchengestalt war gleichsam so betörend und verzaubernd, dass er bei einem Blick auf sein trostloses Zimmer geradezu das Gefühl einer ,Gotteslästerung' hatte.

Er sah nur seinen nichtssagenden Schreibtisch, auf dem schon seit einiger Zeit ein großer Monitor stand. Er sah seine Tastatur, die im Dunkeln sogar leuchten konnte. Er sah sein Bett, den Kleiderschrank und die Regale, die Unordnung darin, in der Ecke eine leere Chipstüte, noch von vor Wochen...

Er schämte sich bis ins Innerste. Die Chipstüte hob er auf und warf sie in den Papierkorb. Aber *reichte* das etwa? Reichte das, um ein anderer Mensch zu werden ... *ihrer würdig*? Wohin er auch blickte, sah er sich selbst – sein altes Selbst, aber er konnte keineswegs behaupten, dass er ein *neues* Selbst gewonnen hatte. Es fühlte sich zwar so an, aber auch das alte Selbst klammerte noch an ihm, ja steckte sogar in ihm. Mittendrin. Es war *nicht* so, dass ihm diese Bildschirme jetzt nichts mehr bedeuteten. Sie zerrten auch jetzt maßlos an ihm, schrien geradezu: ‚Spiele! Spiele auf uns, mit uns, durch uns, bei uns, in uns!'

Seine Sucht war eine Macht, und sie riss an ihm und er spürte die ungeheuerlichen Entzugserscheinungen. Man war im Grunde zu keinem klaren Gedanken fähig. Man wollte spielen, man *wollte* den Monitor, man wollte die Tastatur und das technisierte Plastik unter seinen Fingern spüren. Man *wollte* die Bilder, die Grafik, die Reaktionen auf dem Bildschirm, die die Folge der eigenen Reaktionen waren. Man wollte dieses Gefühl, dass sich einem alles fügte und man alles unter Kontrolle hatte und dass sich die Dinge so bewegten, wie man selbst es wollte. Man wollte die Macht und die Befriedigung der Bildschirme und dieser digitalen Welt...

Aber dann gab es etwas, was davon losreißen konnte – Zoe. Sie war es. Ihre Gestalt, ihr Bild, die Erinnerung an sie. Sie riss ihn los. Denn mehr als alles in der Welt, mehr als an allen Bildschirmen und auf allen Tastaturen, wollte er *bei ihr* sein. Sie war wie eine Lichtgestalt. Vor ihrem Auge schwiegen auf einmal alle Bildschirme, alle Süchte, sogar alle Entzugserscheinungen, es gab dann nur noch *eine* Entzugserscheinung: die Sehnsucht nach *ihr*...

Wenn er an sie dachte, schwieg alles andere. Dann wollte er bei ihr sein. Nur das. Er wollte bei ihr nicht einmal Kontrolle, nicht einmal Macht, nicht einmal Befriedigung, befriedigend war allein schon ihre Nähe – und sogar allein schon der *Gedanke* an sie. Nein, nicht einmal nur befriedigend. Er war *beseligend*... Und sein ahnendes Herz begriff deutlicher und deutlicher: Die Bildschirme waren eine Droge – aber Zoe war eine *Heilung*...

Zwei Tage später war Tom im Unterricht wieder in ihre Gestalt versunken – aber nicht einfach verliebt träumend. Sie hatte bereits morgens, als sie hereinkam, nicht gut ausgesehen. Jetzt, in der dritten Stunde, ging es keineswegs besser, im Gegenteil. Fast hatte er den Eindruck, wie wenn ihre Gestalt leise dahinschmolz – was natürlich nicht sein konnte. Aber seine Seele hatte diese Furcht sehr wohl. Niemand beachtete die zarte Gestalt, sie wurde sogar drangenommen – aber dann wiederum beachtete niemand ihre fast tonlosen, zerbrechlichen Antworten, oder *tat* so, als bemerkte er sie nicht.

In der Pause ging er unmittelbar zu ihr, die Rufe ‚Tom und Zoe, Tom und Zoe!' einiger Jungen gar nicht beachtend, dafür war es zu ernst. Als sie einen ruhigeren Bereich des Schulhofes erreicht hatten, konnte er endlich die Frage stellen:
„Zoe, was ist?"
„Du weißt es doch, Tom!"
„Aber was können wir denn machen?"
„Ich weiß es doch nicht! Am liebsten würde ich sterben!"
„Was? Nein, Zoe! Hör doch bitte auf, so zu reden!"
Sie sah ihn groß an.
„Es ist aber so!", sagte sie feurig – und lief weg...
Er lief hinter ihr her und holte sie wieder ein.
„Zoe... Zoe! Wir *reden* nachher darüber ja? Ganz lange, okay? Wir ... wir finden schon eine Lösung, irgendetwas... Du bist nicht allein, Zoe... Bitte... Ich lass dich nicht allein..."
„Reden hilft da nicht, Tom. Du weißt nicht, wie das ist... Ich halte es einfach nicht mehr aus..."
Er nahm sie in den Arm, einfach aus dem Spüren ihres Verzweifeltseins heraus. Sie ließ es kurz zu, dann aber löste sie sich wieder, vielleicht aus Scham. Auch er war ja nicht ohne Scham...
Aber noch intensiver fühlte er ihr einsames, geradezu gehetztes Wesen.
„Zoe..."
„Lass mich, Tom... Es ist alles zu viel... Du auch! Jetzt..."
„Aber nachher...?"
„Ja, vielleicht..."

„Bitte, Zoe..."

„Ja, vielleicht!", rief sie fast verzweifelt – und lief von neuem weg.

Der Schmerz, der sich in sein Herz schnitt, war unbeschreiblich. Er hatte solche Sehnsucht und solche Angst um sie...

*

In den übrigen Pausen ging sie ihm aus dem Weg. Er war so verstört und ratlos, dass er ihr sogar beim Nachhausegehen wieder nur in großer Entfernung folgte – wie früher. Dann aber, kurz bevor sie zu Hause waren, hielt er es nicht mehr aus. Er lief zu ihr, erreichte sie und sagte leise:

„Zoe..."

Er erhielt keine Antwort.

„Zoe..."

Wieder nichts. Sie wollte schon fast in ihren Vorgarten eintreten, da stellte er sich ihr in den Weg – und sie blieb wohl oder übel stehen, fast trotzig.

„Zoe, bitte..."

Wieder keine Antwort.

Dann versuchte er es so warm und so hilflos wie möglich – und er *war* jetzt hilflos. Leise fragte er:

„*Gehen* wir gleich...? Bitte..."

Er sah wie ihr Tränen in die Augen traten, sie musste einmal heftig einatmen, um nicht gänzlich aufzuschluchzen.

„Ja – –", brachte sie hervor.

*

Sie hatten sich nach keinen zwei Minuten wieder vor ihrem Haus getroffen und waren losgegangen. Schweigend. Wie immer. Zoe war eine große Schweigerin. Es war für ihn keine Last, keine Hölle, keine Anstrengung – er hätte mit ihr stunden-, ja tagelang schweigen können, ihre Nähe war alles, was er nur wünschte. Schlimm war nur, wenn er das Gefühl hatte, dass sie nicht mit ihm sein wollte, dass *seine* Anwesenheit eine Last für sie war... Das hatte er jetzt nicht, dennoch machte er sich Sorgen, ob sie es nicht vielleicht jederzeit werden könnte...

Geduldig ging er neben ihr, bis sie den Wald erreichten. Hier aber schwieg sie noch immer. Er erinnerte sich, dass sie ja eigentlich gar nicht mitkommen wollte – und dass sie einfach nur völlig verzweifelt war. Was konnte er nur tun?

Vorsichtig bat er fast zärtlich:
„Jetzt erleichtere dein Herz ein bisschen, Zoe..."
Ohne jede Vorwarnung musste sie weinen – es brach geradezu aus ihr heraus. Als hätte er eine Schleuse geöffnet, die sie eigentlich gar nicht hatte öffnen wollen...
„Ich halte es – nicht mehr aus, Tom! – Es geht nicht! – Ich habe es ja versucht! – Dachte ich! – Aber es geht nicht! – Ich kann so nicht – weitermachen!"
Wieder war sie ein einziges schluchzendes Bündel.
Er wollte vorsichtig einen Arm um sie legen, aber sie streckte sich wieder, so dass er ihn zurückzog, während sie aufschluchzte:
„Die Schule! Verstehst du? Alles!!! – Ich kann so nicht mehr! – Es geht nicht! – Ich möchte wirklich sterben..."
Ein heiß-kalter Strom durchfuhr ihn.
„Nein, Zoe...", erwiderte er beschwichtigend.
„Doch!", rief sie und schluchzte nur noch verzweifelter.
Jetzt umarmte er sie wirklich – und nun schluchzte sie in seine Umarmung hinein, und wie dankbar war er, sie zumindest so *halten* zu dürfen!

Als sie sich ausgeweint hatte, ging es ihr etwas besser. Es ging ihr zumindest so gut, dass sie leise weitergehen konnten. In einem Anflug ungeheuerlichen Mutes hatte er in dem Augenblick ihre zarte *Hand* genommen ... und sie hatte es wider alles Erwarten zugelassen... Das Wunder ihrer Hand lag fast wie leblos in der seinen, sie hatte es wirklich nur zugelassen, aber er hielt sie ... und wie wenn Eis in der Sonne schmilzt, begann auch ihre Hand ganz, ganz langsam ... die seine festzuhalten ... und sei es nur, um nicht undankbar zu erscheinen... Und ein heiliger Segen breitete sich in seiner Seele aus...

Und dann sagte sie leise, fast tonlos, in Wirklichkeit aber nur unendlich wund:

„Es geht kaputt, Tom... Es geht alles kaputt. *Ich* gehe kaputt... Sie zerstören mich... Sie wollen mich gar nicht. Sie wollen mich zerstören, neu aufbauen, und dann soll ich funktionieren... Aber so funktioniert das nicht. *Ich* funktioniere so nicht... Ich sterbe *daran* – und lieber sterbe ich vorher...“

Die heißkalten Wellen verstärkten sich. Er drückte ihre Hand stärker – aber es gab keine Erwiderung, nur ihr leises Fortfahren:

„Mein Vater macht Ernst mit dem Psychologen. Oder der Psychologin. Mir ist es doch egal, ob es ein Mann oder eine Frau ist. Ich weiß ja, was sie vorhat. Aber nachher gibt es mich nicht mehr. Mich gibt es nur *jetzt*. Wenn die Psychologin ‚fertig‘ ist, wird es keine Zoe mehr geben. Nur noch ein Kind, das keine Probleme mehr hat, in die Schule zu gehen; das funktioniert, weil es alle Tests mitschreibt, das ohne Probleme sein Abitur machen wird, wie es doch mit der braven Zoe auch angefangen hat, bevor dann diese *Verirrung* kam, in der Zoe so unglaublich *unnormal* wurde – aber das kann man doch wieder *bereinigen*...“

Jetzt machte es ihm unglaubliche Angst, wie sie redete. Irgendetwas in ihm wurde gelähmt – er fühlte sich klein und ohnmächtig. Und das Mädchen neben ihm fuhr fort, noch leiser:

„Aber ich kann das nicht, Tom. Lieber sterbe ich. Entweder *vor* der ‚Behandlung‘ oder *durch* die Behandlung. Ich verhungere einfach. Ich habe sowieso keinen Appetit mehr. Ich muss mir alles *hineinzwingen*. Und warum soll ich? Ich höre einfach auf damit. Ich esse nichts mehr, denn ich *will* gar nichts mehr... Und dann sehen sie, was sie erreicht haben. Sie haben erreicht, dass ich mich *auflöse*...“

„Zoe...“

„Du kannst ja nichts dafür, Tom. Du bist der Einzige, der mich verstehen wollte. Aber ich löse mich auf... Ich kann nichts dagegen machen...“

„Doch, Zoe...“

„Nein. Ich *kann* nicht funktionieren... Ich bin eine Fehlplanung...“

Jetzt kamen *ihm* die Tränen – auch ohne Vorwarnung.

„Nein!“, schluchzte er. „Du *bist* – keine – ‚Fehlplanung‘...“

Sie wandte sich ihm zu, bestürzt, trotz all ihres eigenen Leides.

„Tom...“, sagte sie und umarmte nun auch ihn. „Du bist – und warst – so gut zu mir... Du sollst nicht um mich leiden...“
Er drückte sie, so fest er konnte.
„Das *tue* ich aber, Zoe! Das tue ich!“
Namenloser Schmerz erfasste ihn.
„Du *kannst* dich nicht auflösen... Wenn *du* dich auflöst – dann wird das mir auch passieren...“
Sie sah ihn an.
„Nein, du bist anders.“
„Jetzt nicht mehr. Ich bin vielleicht anders. Aber es kommt nicht darauf an, *was* einen dahin bringt, sich aufzulösen... Bei mir ist es nicht die Schule. Aber *du* wärst es...“
Zoe schossen die Tränen in die Augen.
„Ich weiß nicht, was ich *machen* soll, Tom! Ich kann nicht... Ich bin am Ende...“

Wieder umarmte er sie – und wieder schluchzte sie ihre ganze Seele an seiner Schulter hinaus... So sehr, dass ihn die Frage erschütterte, wie viele Tränen ein Mädchen haben musste...

Als sie dann wieder Hand in Hand gingen, sagte Tom:
„Deine *Oma* muss dir helfen, Zoe...“
„Ich darf sowieso nicht zu ihr. Jetzt erst recht nicht mehr. Und außerdem kann ich sie nicht *auch* noch damit belasten...“
„Das wirst du nicht.“
„Natürlich werde ich das! Ich belaste doch *sowieso* jeden! Und wie könnte es *keine* Last für sie sein? Aber das kann ich nicht auch noch...“
Er hatte Angst, noch einmal zu widersprechen. Er schaffte es nicht. Nicht jetzt.

Sehr, sehr lange gingen sie schweigend.
Schließlich sagte sie leise und fast tonlos:
„Wenn ich eines Tages nicht mehr in die Schule komme, Tom, dann sei nicht traurig. Ich versuche es ja... Aber irgendwann wird nichts mehr von mir übrig sein... Aber dann sitzt auch kein anderes Mädchen da. Dann habe ich mich einfach aufgelöst...“
Wieder wühlte und wütete ein namenloser Schmerz in ihm.

„Aber du darfst dich nicht auflösen, Tom. Es muss jemand da sein, der auch danach an mich denkt. Nicht so, wie ich nicht war. Sondern so, *wie* ich war... Deswegen musst du dableiben... Einer soll sich an mich erinnern. Und das sollst *du* sein..."

Still liefen ihm die Tränen über das Gesicht, und er konnte sein Schluchzen kaum unterdrücken. Er wusste, dass sie es wusste, aber sie drückte nur voller Mitleid seine Hand...

Und dann flüsterte sie noch:

„Ich liebe dich *auch*, Tom... Allein schon deswegen... Weil du dableibst..."

Als sie am Samstag im Zug saßen, war Zoe noch immer fassungslos.

„Ich verstehe das nicht... Ich verstehe nicht, wieso mein Vater mich – und sei es mit ‚Aufpasser' – plötzlich zu Oma lässt. Wo es doch vorher für ihn absolut unmöglich war... Jetzt hat er mich fast selbst *gedrängt*."

„Wahrscheinlich hat er eingesehen, dass er alles höchstens noch schlimmer macht."

„Trotzdem ist er doch überzeugt, dass Oma es alles *noch* schlimmer macht!"

„Vielleicht hat sie ihn vom Gegenteil überzeugt."

„Wann denn?"

„Als ich sie angerufen hatte."

„Du!?"

„Ich musste es doch tun, Zoe... Es musste doch jemand da sein, der euch wieder zusammenbringt... Außerdem wusste ich nicht mehr, was ich tun sollte... Ich hatte doch nur noch diese eine Lösung..."

„Und dann hat sie also danach..."

„Deinen Vater angerufen, bestimmt, ja."

„Und ihn überzeugt, dass sie es *besser* macht?"

„Das muss sie wohl getan haben."

„Aber wie konnte mein Vater das *glauben*?"

„Vielleicht hatte er keine andere Möglichkeit."

„Das geht doch gar nicht."

„Ich hatte ja auch keine..."

„Aber du – du bist doch ganz anders als mein Vater."

„Aber er möchte doch auch nicht, dass du dich auflöst, Zoe..."

Wieder musste sie schluchzen.

*

Als sie schließlich bei ihrer Oma klingelten, öffnete die alte Frau und schloss Zoe unmittelbar in die Arme.

„Zoe! Mädchen...", sagte sie nur und drückte sie ganz lange an sich.

Darauf drückte sie auch ihn, und er ließ es zu. Und dann sagte sie:

„Jetzt habe ich endlich einmal euch beide jungen Menschen hier –
wenn auch unter so schwerem Vorzeichen... Aber kommt doch bitte
te herein...“

Auf dem niedrigen Tisch des Wohnzimmers standen leckere Plätzchen, die sogar ihren Duft verbreiteten. Eine große Kanne mit
Kräutertee duftete ebenfalls wartend vor sich hin. Zoe und er nahmen auf dem wunderbaren Sofa mit seinen alten Decken Platz, und
ihre Großmutter setzte sich in einen der beiden Sessel.

„Oder soll ich mich lieber zu dir setzen, Zoe? Neben dich, auf die
andere Seite?“
„Ich weiß nicht... Ich will nicht so im Mittelpunkt stehen...“
„Es geht doch auch nur um die Frage, ob du die *Nähe* noch er-
trägst, so groß, wie du schon bist...“
„Deine Nähe ‚ertrage‘ ich doch immer, Oma...“
„Na gut, ich setz mich mal zu dir, Mädchen...“
Die alte Frau stand wieder auf, Zoe rückte an Tom heran, was ihn
sofort wieder ihren Zauber spüren ließ, und machte für ihre Oma
Platz.
Diese fragte als erstes:
„Und du, Tom, fühlst du dich auf der anderen Seite nicht zu sehr
allein?“
„Nein, alles gut...“, sagte er verwirrt von Zoes Nähe und von der
Frage, denn um ihn ging es ja nun am allerwenigsten...

Er hörte noch, wie die alte Frau einmal tief Luft holte und dann begann.

„Tom hat mir ja alles erzählt, wie es dir geht und all das, mein
Kind. Darüber müssen wir jetzt nicht reden, denn ich weiß... Ich
kenne dich so gut, und was Tom erzählte, reichte völlig, um es vor
meinen eigenen Augen zu sehen, als wären *wir* spazieren gegangen.“
Tom empfand eine leichte Eifersucht, denn so war es ja nicht gewesen...
„Aber ich möchte dir – und euch – stattdessen erzählen, *worum* es
hier eigentlich geht ... in der Hoffnung, dass es, das Verständnis

dessen, *Kraft* gibt, Zoe. Es wird die Wirklichkeit allein nicht ändern, aber das Verständnis von etwas ist bereits eine Wirklichkeit an sich, und damit ist auch der Rest vollkommen anders. Zunächst geht es vor allem um eines: dass du nicht mehr so *hilflos* bist. Möglicherweise ist deine Verzweiflung am Ende nicht kleiner, vielleicht sogar größer. Aber *du selbst* bist auch stärker geworden. Und darauf kommt es an. Seid ihr bereit?"

„Ja, Oma."

„Ja."

Er fühlte sich im Grunde gar nicht berechtigt, dazuzugehören...

„Tom, du hast übrigens einen *wesentlichen* Anteil an dem allen heute hier. Ich bin *so* froh, dass ihr heute beide hier seid! Ich wüsste nicht, was mit Zoe passieren würde, wenn *du* nicht wärst, sondern wenn sie ganz allein wäre – was sie jetzt nicht mehr ist. Ja, ich weiß, Zoe, du denkst, dass ich auch noch da bin. Das bin ich ja auch, wenn ich auch nicht weiß, wie lange noch, hier auf Erden, meine ich. Aber nicht darauf kommt es an, dass auch die Oma noch irgendwo ist, sondern darauf, dass *direkt an deiner Seite* jemand ist, der es so unendlich gut mit dir meint – ich weiß nicht, ob man die ‚Liebe' heutzutage überhaupt noch erwähnen darf – und der immer für dich da sein wird ... und vielleicht auch irgendwann du für ihn, wer weiß..."

Er spürte, wie Zoe sich ein wenig unbehaglich fühlte, und wünschte sich selbst auch, dass ihre Oma jetzt schnell das Thema wechseln würde – was sie auch tat.

„Aber genug der Vorrede – also Tom, das Sofa ist zwar eine Linie, wodurch du jetzt ein wenig ‚außen' sitzt, aber das heißt nicht, dass das die eigentliche Realität wäre, nur sind solche Sofas leider nicht existent, jedenfalls habe ich nur die alte Form..."

Er lächelte innerlich ein wenig über diese merkwürdigen Worte der alten Frau, aber diese fuhr bereits fort:

„Doch jetzt endgültig genug mit der Einleitung. Jetzt kommt der ganze Ernst, um den es sich ja handelt. Wenn ihr gar nicht mehr könnt, müsst ihr dies deutlich zum Ausdruck bringen – denn wenn ich erst einmal zu reden angefangen habe, kann mich nur noch wenig stoppen. Dass ihr nichts mehr aufnehmen könnt, gehört dazu, aber ich muss es *bemerken*. Und weil eine alte Frau, die sich erst einmal warm geredet hat, dann darin vielleicht nicht mehr so gut ist, habt ihr die große Verantwortung, für euch zu *sorgen* – und für mich auch – und es mir zu sagen, wenn es *zuviel* wird. War das deutlich?"

Zweimal ertönte ein „Ja'...

„Also gut..."
Die alte Frau seufzte noch einmal – und er fragte sich, warum –, aber da begann sie auch schon.
„Zoe weiß, dass ich sehr viel mit dem zu tun habe, was man nicht sehen kann. Vielleicht hat sie dir erzählt, wie ich mit ihr früher immer in der Natur war, ihr Märchen erzählte, auch von den Engeln und all dem – und wie das nun einmal alles Dinge sind, die man nicht *sehen* kann. Nun beginnt hier aber eben erst die eigentliche Wirklichkeit, denn Liebe, Sorge, Sanftheit, Gerechtigkeit, Zuwendung, Freundschaft, Treue und all dieses Wesentlichste kann man *auch* nicht ‚sehen'..."
Sie machte eine kleine Pause und sagte:
„Ihr dürft euch übrigens jederzeit etwas von den Plätzchen nehmen. Und ich gieße euch auch Tee ein, denn ihr traut euch ja nicht selbst..."
Nachdem sie dies getan hatte, sagte sie:
„Also – die Plätzchen ... die sollen nachher *alle* sein... Aber dieser Hinweis muss nun wirklich reichen..."

Tom ermannte sich und nahm das erste Plätzchen, ja war so mutig, dass er sogar Zoe eines mit reichte... Ihre Oma bemerkte dies wohlwollend und fuhr dann fort:
„Diese unsichtbare Wirklichkeit ... ist für die meisten Menschen heute so *abseitig* geworden, dass sie sich überhaupt nicht mehr bewusst darum kümmern. Und wer das aber tut, der gilt den anderen gleich als ‚komisch'. Zoe weiß, dass ich hier im Örtchen seit langem als die ‚spinnerte Weberin' verschrien bin – und jetzt weißt du es auch. Viele meinen das gar nicht negativ, denn es gibt nicht wenige Menschen, die sogar zu mir kommen, wenn sie einen Rat brauchen und so weiter. Aber allein schon, dass ich so *genannt*

werde, zeigt, was so die äußere Wirklichkeit ist. In Bezug darauf heißt es überall: Das *verschweigen* wir lieber. Aber das bedeutet: Über die *wesentlichsten* Dinge will man schlicht und einfach nicht reden. Das beginnt ja schon mit dem Tod, nicht wahr? Den verschweigt man ja auch schon brav überall und immer. Aber es beginnt eigentlich schon mit der Geburt. Ist dann das süße Kindchen da, kann man sich gar nicht einkriegen vor ‚Eididei!' und ‚Ach wie goldig!' – aber was die *Geburt* eigentlich ist, das verschweigt man auch peinlichst ... und *weiß* es gar nicht mehr."

Tom war nach dem ersten Beginn angenehm überrascht über die Resolutheit, mit der diese alte Dame drauflos redete und überhaupt nicht redete wie eine alte Dame, sondern so ... wie er es sogar *überhaupt* noch nie erlebt hatte...

„Dass nämlich so etwas wie Geburt und Tod nicht einfach nur irgendwelche Ereignisse sein könnten – das eine erfreulich, das andere bedauernswert –, sondern *heilige Tore* aus einem und in ein anderes Reich ... das will man heute überhaupt nicht mehr wahrhaben – und wenn man es doch nicht ganz ‚ausschließt', sagt man: Das ist der private ‚Firlefanz', den jeder religiös so ein bisschen pflegen kann...

Ich sage es mal ganz deutlich: Das Wesentlichste wird also heute behandelt wie das Unwesentlichste. Zwar nimmt man den Tod recht ernst und trauert auch ordentlich und all das – aber mit Brettern und Nägeln verschließt man nicht nur den Sarg, sondern auch die Augen vor der wahren Wirklichkeit. *Was ist der Mensch nach dem Tod?* Solche Fragen sollte man mal zum Abitur stellen und nicht das ganze unwichtige Zeug, was stattdessen gefragt wird."

Nun goss sich die alte Frau auch selbst Tee ein und trank einen Schluck. Zoe nutzte die Gelegenheit, um vorsichtig an einem zweiten Plätzchen zu knabbern – und nun traute sich auch Tom. Schon jetzt ahnte er, dass er einen solchen Tag überhaupt noch nicht erlebt haben würde...

„Was ist der Mensch nach dem Tod? Schlimm ist nicht, dass man die Antwort nicht weiß – schlimm ist, dass man sich diese Frage nicht einmal stellt! Lieber trauert man ordentlich – und gehorcht somit der Sitte und auch dem eigenen Kollektivgewissen. Aber bloß nicht fragen! Als mein Mann starb – Zoe hat ihren Opa übrigens nie kennengelernt, nur durch meine Erzählungen –, habe ich *auch* geweint. Aber nur, weil er nicht mehr bei mir war, so wie früher, mit Körper und allem. Aber zugleich habe ich mich *gefreut* – denn ich wusste: In demselben Moment, wo er starb, war er erlöst, von diesem Leib, der ihm zuletzt so viel Qualen bereitet hatte. Er war erlöst – und er war also nicht etwa ‚Würmerfraß‘, sondern das, was der Mensch nach dem Tod ist. Nämlich dasselbe wie vor der Geburt: ein seelisch-geistiges *Wesen*.

Und ich kann sagen: Ich habe keinen Tag erlebt, wo er, mit dem ich achtundvierzig Jahre meines Lebens geteilt habe, nicht *spürbar anwesend* gewesen wäre – nach dem Tod seines Leibes! Und die große Schande unserer Zeit ist, dass sie sich mit diesen Fragen, nein, diesen *Wirklichkeiten*, überhaupt nicht mehr beschäftigt! Und auch nicht mit der Frage, was denn der Mensch vor der Geburt ist – nämlich das Gleiche!

Aber dann könnte man die kleinen Babys ja nicht mehr so ‚süß‘ und ‚goldig‘ finden – dann müsste man ja *völlig anders* über das Mysterium der Geburt denken, aber das will man ja nicht, also bloß alle Gedanken daran unterdrücken, verbannen, als ‚Privatsache‘ bezeichnen und weitermachen wie bisher! Goldige Kinder, traurige Todesfälle, viel alberner Schnickschnack bei der Geburt, viel Heuchelei und Selbstmitleid bei ‚Trauerfällen‘ – und das war‘s. Keinerlei Ernst, keinerlei Fragen, keinerlei innere Entwicklung und echte Erkenntnis.“

Er bemühte sich mitzukommen und war immer noch beeindruckt von dem unglaublichen Ernst, mit dem diese alte Frau sprach. Dass Zoe mitkam, daran hatte er keinerlei Zweifel. Wahrscheinlich kannte sie das alles schon irgendwie...

„Und das führt dazu, dass diese *eigentliche* Wirklichkeit immer mehr zu einem ‚Hokus-Pokus-Kosmos‘ verkommt. Man muss etwas nur lange genug *verleugnen* ... und es wird zum bloßen Reich der Legenden. Wer nur im Rollstuhl sitzt, dem verdorren irgendwann die Beine, es schwinden einfach sämtliche Muskeln. So ist es auch im Geistigen: Wenn man bestimmte Gedanken nicht denkt, dann *kann* man es irgendwann auch gar nicht mehr denken – und glaubt, die, die sie denken, seien verrückt, Träumer oder bloße ‚Gläubige'. In Wirklichkeit hat man aber nur selbst die Wirklichkeit *verraten*. Die Wirklichkeit! Niemand glaubt heute mehr, dass die Erde eine Scheibe sei – aber über die nicht sichtbaren Wirklichkeiten glaubt man heute den *größten Unsinn*. Und der allergrößte Unsinn ist, dass man *gar nichts* mehr glaubt. Das ist nun wirklich der aller-größte Unsinn."

Den letzten Satz hatte Zoes Oma Wort für Wort betont. Und als noch größere Betonung machte sie jetzt eine lange Pause.

Gespannt wartete Tom darauf, dass sie weiter sprach...

„Es ist auch eine Lüge, dass man davon nichts wissen könne. Und was ich sage, ist auch nicht einfach ‚auf meinem Mist gewachsen'. Es sind Erkenntnisse, die schon vor einhundert Jahren Rudolf Steiner hatte – ein Mann, der dann unendlich viele großartige Initiativen begründete: Waldorfschulen, eine neue Medizin, eine neue Landwirtschaft, neue Gedanken über das Soziale – überhaupt neue Gedanken, die dieses Übersinnliche, diese Wirklichkeit, wieder *ernst nahmen*. Weil er sie erlebte! Und erforschte!

Und das mag euch – besonders dir, Tom – jetzt sehr fern erscheinen oder klingen, aber das ist es ja nicht. Ich habe auch mit Zoe darüber bisher nie gesprochen. Sie war ja auch noch nicht alt genug dafür. Ich hätte es auch jetzt noch nicht getan, wenn es alles nicht so schlimm geworden wäre. Aber das wurde es – also muss ich jetzt darüber sprechen. Und glaubt nicht, dass dieser Rudolf Steiner ‚irgendein Mann' gewesen war. *Meine* Großmutter hat ihn noch gekannt und erlebt – und sie hat mir später von ihm erzählt, und er war ein *absolut* außergewöhnlicher Mensch. Meine Großmutter verdankte ihm Unendliches, und ich verdanke *meiner* Großmutter Unendliches. Und das sind einfach Realitäten, das ist etwas Wirkliches – etwas, was mit anderen Dingen gar nicht vergleichbar ist. *Hier beginnt die Wirklichkeit.* Bei dem, was man einem anderen Menschen verdankt. Weil man ohne ihn nie so geworden wäre, wie man geworden ist."

Tom musste an Zoe denken – und Zoe musste an ihre eigene Oma denken, die jetzt gerade sprach...

„Rudolf Steiner konnte also von diesen nicht sichtbaren Wirklichkeiten sprechen, weil er sie *erforschte*. Weil er seine Seele so verwandelt hatte, durch ernste, aufrichtige Gedanken, Empfindungen und moralisches *Sein*, dass er diese Dinge erforschen konnte – denn diese Welten offenbaren sich nur dem, der würdig genug geworden ist. Und dieser Mann *war es*. Und dann opferte er sein ganzes Leben, etwa vier Jahrzehnte, um der Welt diese Wirklichkeiten und Tatsachen zu *beschreiben*. Und all dieses Neue in die Welt zu bringen. Sein Leben gab er hin, während andere belanglose Dinge taten – allein für sich arbeiteten oder auch nicht arbeiteten, einen Krieg anzettelten – denn da gab es ja eben auch den Ersten Weltkrieg – und auch danach einfach so weitermachten. Denn bald danach kam ja Hitler. Aber da war Steiner schon gestorben. Aber ich sage euch: Hätte man Rudolf Steiner verstanden, hätte man das alles ernst genommen ... wäre ein Hitler unmöglich gewesen.

Und nun ist Hitler vorbei. Aber nicht vorbei ist die Ignoranz gegenüber dem Geistigen, und ich muss schon sagen, auch gegenüber dem Seelischen. Die Ignoranz und die Leugnung.

Die sichtbare Welt ist aber durchzogen von nicht sichtbaren Wirksamkeiten und Wesenheiten. Auch das, was in Märchen als Gnome und Elfen auftaucht, sind in Wirklichkeit unsichtbare Wesen, und ebenso sind es Schutzengel – o, wie oft hatte ich in meinem Leben schon die Hilfe meines Engels! –, die auch das Schicksal beeinflussen. Aber allein schon die Natur. Dass die Natur so unglaublich wohltuende, heilende, erfüllende Wirkungen hat, die jeder erleben kann, der das nicht völlig verdrängt, hat damit zu tun, dass sie zugleich durchdrungen ist von einer ganzen Welt des Übersinnlichen – während das, was der Mensch fabriziert, durch und durch tot ist. Aber selbst hier lauern *andere* Wesenheiten, die den Menschen auf andere Weise beeinflussen.

Nirgendwo gibt es nicht solche Wesen entweder der einen oder der anderen Art. Und die *guten* Wesen wollen, dass der Mensch immer *menschlicher* wird, immer wahrer Mensch, immer tiefer wahrhaft Mensch ... und die anderen Wesen, die Rudolf Steiner ,Gegenmächte' oder ,Widersachermächte' nannte, wollen ihn von diesem wahrhaft Menschlichen gerade *abbringen*.“

Wieder machte sie eine Pause und fragte nach einem Schluck Tee:

„Na, geht es noch gut?"

Zoe nickte, und er fragte vorsichtig:

„Und warum gibt es diese Wesen? Warum ist das so?"

„Das fragst du bei Blumen und Bäumen ja auch nicht. Man sollte nicht immer so schnell nach dem ‚Warum' fragen. Der heutige Mensch will immer alles ganz schnell wissen. Er fragt: ‚Warum ist das so?', ‚Was soll das?', ‚Was bringt mir das?' und so weiter... Aber die wirklichen Antworten erschließen sich erst, wenn man lange in *stillen*, nicht vorschnellen und nicht vorlauten Fragen gelebt hat. Ich will das nur sagen, Tom. Es ist nichts gegen dich. Du kannst ja nichts dafür. Du bist in solchen Haltungen aufgewachsen, du hast es dir nicht selbst ausgesucht.

Aber seht ihr – das gehört schon dazu. Dieses Schnelle – schnelle Fragen haben, schnelle Antworten wollen. Wie in der Schule. Das Langsame wird überhaupt nicht mehr zugelassen. Aber die echten Antworten wachsen – und sie wachsen langsam. Wenn ich dir jetzt eine Antwort gebe, dann hast du für deinen Kopf zwar eine Antwort, aber auch nicht mehr. Wirklich wertvoll und damit erst eine innere Realität ist erst das, was sich über Jahre hinweg entwickelt. Und dennoch gebe ich dir eine Antwort: Der Mensch kann sich frei für das Gute und das Böse entscheiden. Das können die Engel so nicht. Manche Engel sind diese Gegenmächte geworden, aber das ist eine ganze andere, lange Geschichte. Auch das stand nicht wirklich in ihrer Freiheit. Frei in dem Sinne, wie wir das kennen, ist wirklich erst der Mensch. Aber *damit* er ein freies Wesen werden kann, *muss* er sich entscheiden können, muss also das Gute und das Böse existieren. Sonst wäre Freiheit völlig unmöglich. Der Mensch sollte ein freies Wesen werden. Deswegen gibt es diese anderen Wesen. Gott wollte die *Freiheit des Menschen*. Das ist bereits ein sehr, sehr tiefes Geheimnis..."

Die beiden Kinder schwiegen, jedes auf seine Art still oder sogar ehrfürchtig, bis die alte Frau weiterredete.

„Aber – Freiheit bedeutet auch, dass das Ganze scheitern kann. Es kann sein, dass der Mensch sich zu sehr in die Irre führen lässt. Denn den Widersachermächten wurde erlaubt, das zu tun. Die guten Mächte greifen nicht einfach in den Willen des Menschen ein, die Gegenmächte aber können das – und tun das auch."

„Warum?", fragte Tom – und erinnerte sich dann erst wieder daran, dass er das vielleicht nicht durfte...

„Weil der Mensch sich *bewähren* soll, Tom", erwiderte Zoes Oma. „Wäre es *leicht*, sich für das Gute zu entscheiden, so wäre das Gute nichts wert – oder der Mensch nicht. Er wäre noch immer ein Paradieswesen, das Gottes Willen kennt und ihn ohne Mühe auch will und tut. Ich meine das Gute. Gottes Wille ist ja immer *das Gute*. Und der Mensch soll die volle Freiheit finden, das Gute zu lieben, so sehr zu lieben, dass er es auch dann tut, wenn er nichts davon hat. Nichts außer dieses Gute selbst. Die Gewissheit, dem Guten gefolgt zu sein – und nicht dem anderen. Dem Bösen oder auch nur dem Egoistischen."

Dies erschien Tom verständlich, aber es war nicht sehr bequem...

„Der Mensch ist sozusagen in einer langen, langen Entwicklung – und allein, die Menschheitsgeschichte in diesem Licht zu betrachten, gibt einen völlig anderen Blick. Es *ist* eine ungeheure Entwicklung. Und über die Jahrhunderte und Jahrtausende ist das Bewusstsein des Menschen immer klarer geworden – so, wie es auch auf dem Weg von der Kindheit zum Erwachsensein ist. Auch das Menschheitsbewusstsein insgesamt entwickelt sich.

Viele Menschen sind zum Beispiel inzwischen so weit, nie wieder Kriege zu wollen. Oder die Natur zu schützen. Oder überhaupt alles Leben. Das sind positive Kräfte, innere Entwicklungen der Seele. Aber die Menschen müssten sich auch fragen, wo das herkommt. Dieses heilige Geheimnis des *guten Willens*. Das geschieht aber nicht. Und deswegen haben die Gegenmächte noch immer so ungeheuerlich freie Bahn. Sogar immer mehr – weil auf der anderen Seite *ihr* Wirken immer stärker wird.

Und jetzt komme ich wirklich zur heutigen Zeit. Rudolf Steiner beschrieb im Grunde zwei Arten von Gegenmächten: die einen führen in eine Art luftige Phantasterei, in ein sehr selbstbezogenes Sich-Verlieren in alle möglichen Träume und unrealistischen Vorstellungen. Sie wollen den Menschen von der Wirklichkeit wegziehen. Damit meine ich *nicht* Ideale. Ich meine Träumereien. Ideale sind keine Träumereien, sie sind gerade eine echte geistige Wirklichkeit. Träumereien sind unwirklich, echte Ideale dagegen

sind eine *Macht* – und können die Wirklichkeit verändern. Das also darf man nicht verwechseln.
Und die andere Art von Gegenmächten ist im Grunde das Gegenteil. Sie will die Wirklichkeit sozusagen immer noch weiter *verhärten*. Hier hat man den kalten Egoismus, aber auch den abstrakten Intellekt, der nichts Seelisches mehr kennt, weil ihm die Seele im Grunde gleichgültig ist oder er alles Seelische sogar *abschaffen* will. Hierzu gehört außerdem alles, was mit Macht, Druck und dem entsprechender Manipulation und Beeinflussung zu tun hat. Die andere Macht war eher verführerisch überredend – diese Macht hingegen arbeitet mit Angst und Einschüchterung."

Wieder machte die alte Frau eine Pause.
„Habt ihr das schon mal erlebt?", fragte sie dann.
„Eltern können einem auch drohen", sagte Tom.
„Ja – dann wählen sie den einfachen Weg und nehmen diese Gegenmacht zu Hilfe."
„Die ganze Schule", sagte Zoe leidvoll, „arbeitet mit Druck, wenn man nicht gehorcht... Du hast es selbst gesagt, Oma."
„Ja – so ist es. Da seht ihr, wie das wirkt. Es kann alles *ganz* unauffällig sein. Aber sobald jemand ausschert, sobald jemand sich nicht mehr so verhält wie gewünscht, gibt es sofort Dinge, Maßnahmen und Sanktionen, die auch ihn wieder ‚in die Reihe' bekommen wollen. Und wenn dies nicht möglich ist, wird er abgestraft – mit schlechten Noten oder sogar Schulverweis. Auf einmal erweist sich die Struktur als unendlich *mächtig*..."
„Und sie sagen, es dient nur der ‚Bewertung'...", fügte Zoe hinzu.
„Ja, Bewertung...", wiederholte ihre Oma. „Aber wer gibt denn das *Recht* auf eine solche Bewertung? Und nach welchen Kriterien wird bewertet? Wer nach vorgegebener Weise das aufgedrückte Wissen wiedergibt, wird als ‚gut' bewertet – und alle anderen gegenteilig. Man könnte etwas viel *Menschlicheres* besitzen – aber dieses wird nicht bewertet. Und wenn es einen an dem hindert, was gefordert wird, kommt das System mit seinen Strafimpulsen – schlechte Zensuren, Verwarnungen, Druck ... und das kann sich beliebig steigern."

Tom fühlte etwas Lastendes in seinem Inneren. Er spürte, dass er die Dinge so noch nie betrachtet hatte.

„Und das hört mit der Schule ja nicht auf", sagte Zoes Oma. „Im übrigen Leben wird es ja sogar noch viel extremer. Hier ist der Druck allgegenwärtig. Wer im Beruf nicht ‚funktioniert', lebt mit dem Druck des Entlassenwerdens – oder es passiert sogar. Und dann finde mal eine neue Arbeit! Und hier, im Berufsleben, herrscht erst recht der *Dämon der Effektivität*. Alles, was vielleicht menschlich, aber nicht effektiv ist, wird regelrecht *vernichtet*. Das war früher noch anders. Da konnte zum Beispiel eine Krankenschwester noch am Bett eines Kranken sitzen. Heute hat sie für alles nur noch so-und-so-viele Minuten, und wehe, etwas braucht länger! Die Menschen sind heute sozusagen in einem Dauerstress – und damit sind sie erst recht perfekt kontrollierbar. Das Menschliche verliert sich immer mehr."

„Warum ist das ... so?", fragte Tom zögernd.

„Weil wir diesen Dämonen diese Macht geben. Weil die verrückte Menschheit sich dafür entschieden hat, das Menschliche für wertlos zu halten – und den Profit an erste Stelle zu setzen. Der Gedanke des *Profits* gehört aber in das Gebiet jener kalten Macht. Dieser geht es nicht um Menschlichkeit. Wir aber haben es über zweitausend Jahre nach Christus noch immer nicht geschafft, die *Menschlichkeit* zur Grundlage unseres Zusammenlebens zu machen. Es ist noch immer der Profit..."

„Und warum...", beharrte Tom.

„Der Hauptgrund ist, weil die Menschen sich diese *Fragen* nicht mehr stellen, Tom. Sie *fragen* nicht mehr nach dem, was ihre Seele ausmacht, was eigentlich das Menschliche ist. Sie denken, das weiß sowieso niemand, das gehört sowieso in den Bereich des bloßen ‚Glaubens', und man müsse sich nach den harten Realitäten richten. Und wenn jeder egoistisch seinem Vorteil folgt, geschehe wenigstens einiges. Aber das alles ist so ein unglaublicher Unsinn! Die Menschen haben einfach keinen *Mut*, sich zu sagen: Wir sind übersinnliche Wesen, wir sind Seele und Geist – und nur daneben haben wir auch einen Körper. Aber wir sind deswegen nicht gleich egoistisch, sondern wir haben die Fähigkeit zur Liebe und zum Wohlwollen. Wir wissen, was ‚*menschlich*' bedeutet, und wir haben den Wunsch, menschlich zu sein. Wir wollen nicht Macht und Profit, wir wollen nicht mit Druck und Angst wirken, sondern wir wollen die *Menschlichkeit* untereinander vergrößern und vertiefen. Das ist unsere wahre, unsere einzige Sehnsucht. Diesen Mut hat man nicht mehr. Und er wird einem auch regelrecht *ab-erzogen*. Aber wie gesagt – dass dieses *falsche* Denken und diese *nicht menschlichen* Impulse eine solche Macht gewinnen, das ist nur möglich, weil niemand mehr die *wirklichen* Gedanken denkt: Gedanken des Übersinnlichen. Und weil niemand mehr die wirklichen Empfindungen hat: Empfindungen des rein Menschlichen, bedingungslos. Für mich waren die *nicht* sichtbaren Wirklichkeiten mein ganzes Leben lang die Hauptsache. Ich habe so sehr mit ihnen gelebt, dass sie mein Alltag sind. Aber es ist ein heiliger Alltag! Es ist die Wahrheit, die jeden Tag neu in die Lüge hineinstrahlt.

Und ich schaue in die Welt – und sehe überall nur *Blindheit*. Radikale Blindheit und radikalen Unwillen, die Augen gegenüber dieser eigentlichen Wirklichkeit auch nur zu öffnen! Lieber bleibt man Sklave inmitten all dieser Lügen – und das Angenehme ist dann: Man *weiß* es nicht einmal. Es ist alles so wunderbar einfach. Und dennoch regt sich fast jeder irgendwo über das Leben auf. Aber niemand sieht seine eigene ungeheure Schuld, seine Versäumnisse, seine eigenen Selbstlügen, seine allzu bequeme Faulheit..."

Irgendwo in Tom regte sich nun das schlechte Gewissen. Er begann, zu verstehen, dass das auch mit ihm zu tun hatte. Es war aber Zoe, die fragte:
„Und was *sind* die richtigen Gedanken, Oma? Wie kann man sie lernen?"

Ihre Oma trank den Rest ihres Tees aus. Dann sagte sie:
„Weißt du, Zoe ... eigentlich *bräuchte* man sie fast nicht zu lernen. Man bräuchte sie nur nicht zu *ver*lernen. Denn jeder Mensch kommt mit diesen Gedanken auf die Welt – er bringt sie einfach *mit*. Sie kommen aus der geistigen Welt und er ja auch. Sie sind am Anfang einfach *da*. Später verdrängt man das, und etwas anderes drängt sich an dessen Stelle. Das Heiligste und Kostbarste lässt man einfach ... man lässt einfach zu, dass es sich auflöst..."

Tom dachte an Zoe... Auch sie war das Kostbarste... Und sie durfte sich nicht auflösen!

„Jedes Kind, Zoe, hat noch Gedanken und Gefühle der Ehrfurcht – allem gegenüber. Der kleinen Blume! Dem kleinsten Käfer! Ein Kind *liebt* die Welt – und man kann sagen, die Welt liebt das Kind. Und damit meine ich jetzt nicht die Erwachsenen, sondern ich meine die Blumen, die Bäume, die Elfen, die Engel – *diese* Welt meine ich. Diese Welt liebt das Kind. Das Kind kennt noch keine egoistischen Gedanken, Gefühle und Regungen – es ist an die Welt *hingegeben*. Und um diese Qualität geht es. Um diese Polarität zwischen ... *Selbstbezug* und echter Hingabe, heiligen Seelenregungen.

Jeder Mensch muss auch zu einem Selbst, einem Ich werden, und auch ein Kind wird spätestens mit drei Jahren, dann wieder etwa mit neun Jahren und dann wieder mit der Pubertät und so weiter mehr und mehr ein ‚Ich' – aber die Frage ist, welche *Färbung*, welche Tönung hat dieses Ich dann? Ist man dann auch eines dieser Exemplare ‚Selbstsucht', wie sie in tausenden Kopien da draußen rumlaufen? Oder zumindest eines der Marke ‚Materialismus', die keinen einzigen Gedanken an das nicht Sichtbare mehr denken können und es auch nicht wollen? Denn das sind alles Schein-Iche, eigentlich wandelnde Irrtümer. Sie verfehlen auf *tragische* Weise ihr eigentliches Ziel, ihren eigentlichen, den wahren Weg...“

Tom musste bei ‚wandelnde Irrtümer' an jenen herzzerreißenden Moment denken, wo das Mädchen neben ihm gesagt hatte, sie sei eine ‚Fehlplanung' ... und ein wenig musste er auch an sich denken. War er vielleicht auch einer dieser wandelnden Irrtümer?

„Es beginnt im Großen, Zoe, und es geht bis ins Allerkleinste. Weißt du ... würde man zum Beispiel in einem kleinen Kind, einem Baby noch ein Wesen sehen, dass sich aus heiligsten Welten entschlossen hat, auf die Welt zu kommen, auf die Erde... Würde man *diese* Gedanken haben können, dann wären diese Gedanken so umfassend und so *wirkmächtig*, dass man auch in allem anderen richtige Gedanken hätte. Man hätte eine unglaubliche Ehrfurcht gegenüber diesem Geschehen – und man hätte die richtigen, man hätte heilige Intuitionen in Bezug auf das Kind. Man wüsste wieder, was gut und richtig für das Kind ist – und würde sich durch niemanden davon abbringen lassen.

Ein Kind kommt aus einer durch und durch heiligen Welt – und wenn es auf dieser Erde ankommt, braucht es zunächst nur eines: eine zutiefst heilige *Hülle*... Und das betrifft alles. Es betrifft die Kleidung, es betrifft sein Bettchen, sein Zimmerchen, es betrifft alles, wirklich alles, was die Erwachsenen rund um das Kind tun, sagen, sogar *denken*, wie sie sich bewegen – einfach alles! Es betrifft später die Märchen, die ein Kind so sehr braucht wie die Luft zum Atmen. Und es betrifft die ganze Art und Weise, wie man bei dem Kind und mit dem Kind zusammen in die Welt zu blicken lernt... Da entscheidet sich, ob das Kind den *Zusammenhang* behält – den lebendigen Zusammenhang mit der Welt, aus der es gekommen ist. Mit seiner *Heimat*, der wahren Heimat jedes Menschen...

Die Frage ist: Kann man ein Kind auf diese Weise *begleiten* – oder vollzieht sich an dem Kind eine Vergewaltigung, die dieses heilige Band dann völlig abreißen lässt...“

„Und ... wenn es abgerissen *ist*...?“, fragte Tom zögernd.

„Dann kann man nur noch auf den eigenen Engel hoffen, Tom... Dass er einen etwas erleben lässt, woran man dieses heilige Band wiederzufinden beginnt...“

Tom meinte, auf berührende Weise sehr genau zu wissen, wovon Zoes Oma sprach.

„Aber weißt du, jeder Mensch trägt dieses Geheimnis irgendwo tief drinnen in sich – mag es noch so verschüttet sein. Aber das Problem ist: Das Verschütten geht eben ganz schnell! Und meistens *bleibt* es dann bei dem Verschüttetsein, es laden sich immer nur noch neue Lasten darüber. Das Leben der meisten Menschen besteht aus einem zunehmenden Verschütten... Dennoch gibt es irgendwo tief drinnen diesen Ort, wo die Wahrheit lebt, und sei es nur noch wie ein Häufchen glimmender Asche, wo eigentlich ein heiliges Feuer lodern sollte.

Aber ich möchte es noch einmal an dem Beispiel der Babys deutlich machen. Früher wussten die meisten Mütter aus einer heiligen Eingebung heraus, was für ihr Kind gut ist – und sie taten es. Jede Mutter verteidigte das Richtige ‚wie eine Löwenmutter‘, wie man so sagt. Heute sind die meisten Mütter absolut ratlos, sie haben keinerlei Ahnung mehr, was ein Kind bräuchte. Und dann machen sie es, wie man es eben lernt oder bei anderen sieht oder im Fernsehen oder was weiß ich. Die Kinder werden in den Kinderwagen geworfen, ohne Mützchen, sogar im Herbst fast nur sommerlich angezogen. Sie werden mit Spielzeug zugeschüttet, mit knallbunten Plastikdingen, die Farben können gar nicht schreiend genug sein, denn will das Kind es denn nicht grell und bunt? Aber an diesen Dingen seht ihr, wie die *Lüge* arbeitet! Achtet einmal genau darauf. Achtet mal darauf, was zum Beispiel ‚Disney‘ aus der Kindheit macht. Wie sie geradezu ins *Groteske* gezogen wird – ohne dass es irgendwo einen Aufschrei gibt! Nein, stattdessen übernehmen alle dieses *lügenhafte* Bild, und es wird die neue Vorstellung von Kindheit. Von nun an denkt jeder Kindheit so und nicht anders. Jeder denkt also nun eine Lüge – und handelt danach.‘‘

Die alte Frau seufzte. Dann fuhr sie fort:
„Allein schon die Vorstellung, dass ein Kind Spielzeug bräuchte. Viel Spielzeug. Dann die Vorstellung, dass es bunt sein müsste. Möglichst knallig bunt. Dann die Vorstellung, dass es möglichst hygienisch Plastik sein müsste. Es hört nie auf – eine Lüge reiht sich an die andere. Aber was sich durchsetzt, ist die weitere Vorstellung, dass man sehr ‚modern‘ ist, wenn man all diese Lügen umsetzt...
Und fortwährend wird das kleine Kind vergewaltigt. Es wird vergewaltigt mit dem Plastik, mit dem Knalligen, dem Bunten, dem Viel und auch mit dem meisten Spielzeug überhaupt. Das ‚knallig‘ bezieht sich ja überhaupt nicht nur auf die Farben. Heutzutage geben die meisten Spielzeuge ja auch noch Töne von sich! Was für ein Irrsinn... Wie *kann* man so etwas überhaupt für ‚kindgerecht‘ halten?
Man meint völlig abstrakt und idiotisch, das Kind brauche doch eine ‚Ansprache‘ über möglichst viele Sinne. Als ob es die nicht bereits ohne alles hätte! Die Dinge des Zimmers selbst ohne alles Spielzeug. Das eigene Bettchen. Die eigenen Finger! Die Stimme der Mutter. Das Gesicht der Mutter. Ich sage euch: Wer einem Kind *mehr* Sinneseindrücke gibt als diese, der vergewaltigt es! Er überschüttet das Kind mit Gewalt und zieht seine heilig-zarten

Sinne vom Wesentlichen ab, macht sie eigentlich von Anfang an so grell, bunt und brutal wie das Spielzeug, das er dem Kind aufzwingt. Und so verliert schon das Kind das *Heilige*, das es eigentlich mitgebracht hat... Ein Kind braucht nur das Gesicht der Mutter – und wer ihm mehr gibt, der entheiligt bereits diese Beziehung, diese zarte Innigkeit, dieses Wahre.
Es ist ja kein Wunder, dass sich die *Spielzeugindustrie* da hineindrängt. Denn ein Kind ist eine wunderbare Profitquelle! Also muss man bedingungslos die Lüge in die Welt säen, dass ein Kind doch unbedingt dieses und jenes Spielzeug bräuchte, die Welt ist doch voll von Angeboten, man erstickt ja fast daran – und alle, alle behaupten lügenhaft, es ginge ihnen um das Kind. Dabei geht es ihnen nur um den schnellen Euro – auf dem Rücken eines Kindes, dessen Seele vergewaltigt wird, ohne dass es irgendeinen schert...
Wer *diese* Dinge zu sehen beginnt, Tom, Zoe ... der beginnt, auch das Geistige zu sehen. Meist sieht man zuerst die grellbunten *Lügen* – und allmählich öffnet sich das seelische Auge für die Wahrheit, die all diese Lügen nicht *mitmacht*..."

„Aber wenn es überall so ist?", fragte Tom. „Wenn alle so sind?"
„Ja, Tom, siehst du? Daran kann man fühlen, wie diese Gegenmächte wirken und wo ihre Macht liegt. Mit aller Macht wollen sie alles auf eine Linie bringen – auf ihre Linie, die Linie der Lüge. Sie arbeitet mit der geballten Macht des Kollektivismus.
Man sagt, wir leben in einem Zeitalter des Individualismus, der Individualisierung. Und das stimmt auch. Und es soll auch so sein. Die Menschen sollen immer mehr ein Individuum, ein Ich werden. Aber was eine geistige Wahrheit ist, wird hier auf Erden ins völlig Lügenhafte pervertiert. Schaut euch doch um, was heute als ‚individuell' gilt! Wenn man das neueste Tattoo hat, das ein anderer noch nicht hat. Oder wenn man seine Haare nach links kämmt statt nach rechts. Oder wenn man mit zerrissenen Jeans auf der Arbeit erscheint. Ich will nicht sagen, dass das *falsch* ist. Aber merkt ihr? Alle suchen das ‚Individuelle' im *Äußerlichen*. Keiner begreift, dass die eigentliche Individualität nur im Inneren zu finden sein kann!
Und schon in der Schule beginnt man dann, diejenigen Kinder zu hänseln – und es wird ja immer schlimmer, heute sagt man ja mit

Recht sehr bald: mobben –, die *nicht* so extravagant und so angeblich individuell sind wie die anderen. Aber wenn man wirklich individuell wäre, warum hätte man es dann nötig, andere zu *demütigen*? Das ist immer ein Beweis dafür, dass man noch *überhaupt* nicht ein wirkliches Ich erworben hat. Und ich sage es einmal ganz deutlich: Fast immer sind die scheinbar ach so unauffälligen Kinder die *individuellsten* von allen. Denn sie gehen ihren inneren Weg – und die anderen verirren sich im Äußerlichen und landen immer mehr in der *Lüge*. Sie halten sich für individuell. Aber es ist ein Schein-Ich. Eines, das sich in der Außenwelt verliert und damit im Ungeistigen schlechthin. Es ist eine *Sackgasse*. Und man *nennt* es nur ‚Individualität‘. Das ist die traurige, traurige Wirklichkeit. Und wenn dies *alle* machen, Tom, um auf deine Frage zurückzukommen – dann ... dann hat die Gegenmacht endgültig gesiegt...“

„Und was sollte man stattdessen tun?“, fragte Tom zögernd.
„Den meisten Menschen würde ich am liebsten fortwährend und ständig zurufen: Haltet doch erst einmal einfach nur inne! Einfach nur das! Hört einmal einfach nur auf mit allem und haltet inne!
Und dann bleibt einmal sehr lange dabei – bei diesem Innehalten...
Wenn man das *wirklich* tun würde, Tom, wirklich ... wenn man das *wirklich* tun würde ... dann würden aus dem eigenen Inneren die stilleren, die heiligen, die zarten Wahrheiten nach und nach, wachsend wie eine zarte Blume ... fast von selbst aufsteigen. Denn nun hätten sie Raum. Nun hätten sie Zeit. Nun hätten sie den Frieden ... sich entfalten zu dürfen... All dieses Heilige *lebt* in der Seele. Und es würde jederzeit wieder leise aufblühen können, wenn man es ließe. Das ist so, das kann gar nicht anders sein.
Aber stattdessen hetzen wir es zu Tode, hetzen wir *uns* zu Tode, stürzen wir uns von einem ins andere – und dieses Zarte, Heilige vegetiert vergessen in irgendeiner Ecke der Seele dahin. Und die Seele hat vergessen, dass diese angebliche ‚Ecke‘ ihr wahres *Heiligtum* ist und dass sie *dieses* fortwährend mit Füßen tritt...“

„Man müsste also innehalten...?“, wiederholte Tom langsam und nachdenklich.
„Ja“, erwiderte die alte Frau. „Das würde absolut reichen. Das wäre der absolut sichere Weg für eine wahre, heilige Umkehr. Aber

die Welt lässt das ja nicht zu! Man muss ja auch am nächsten Tag wieder zur Arbeit gehen – oder der nächste ‚Test' wartet ja schon, auch der nächste Tag hat wieder acht Unterrichtsstunden, danach kommen die Hausaufgaben, Freunde treffen will man ja auch noch, ein bisschen auf dem Computer spielen – oder was weiß ich. Die Seele darf gar nicht mehr innehalten, und selbst wo sie die Gelegenheit dazu hätte, den Raum, die Chance... will sie es auch selbst gar nicht mehr wirklich.
Manche Menschen stoßen an manchen Punkten ihres Lebens auf solche tieferen Lebensfragen. Das Schicksal eröffnet ihnen die Chance auf einen absoluten Neubeginn. Vielleicht sogar durch einen auf den ersten Blick tragischen Unfall. Man wird völlig herausgerissen aus dem Alltag... Und leise spürt man die Botschaft dahinter. Das Geschenk. Die Chance. Aber die Verantwortung ist zu groß. Man merkt, dass man sein ganzes Leben ändern müsste. Man merkt, dass man sein ganzes bisheriges Leben vielleicht weitgehend als Irrtum betrachten müsste. Das schafft man nicht. Dafür ist der Mut zu klein. Also lässt man die Chance unergriffen. Man strebt zurück in den Alltag. Und der Alltag sieht dann wieder genauso aus. Vermehrt vielleicht nur um ein kleines bisschen schlechtes Gewissen, weil man *einmal* kurz erkannt hat, worum es eigentlich gegangen wäre..."

„Und was sollten *wir* jetzt machen?", fragte Tom rundheraus. Er wollte auch nicht in einer ‚Lüge' leben, vor allem aber wollte er Zoe retten. Er war zu allem bereit und musste diese Frage jetzt einfach stellen.

„Ja, Tom ... bewahre dir diese Frage gut auf. Ich komme auf sie noch zurück. Aber ich bin noch nicht so weit. Oder sagen wir: Das hat mit deiner Frage bereits zu tun. Denn selbst wenn die Lüge zunächst übermächtig erscheint, ist das Erste und Wichtigste, was man tun kann: sie zu *durchschauen*. Verstehst du? Wenn die Lüge *durchschaut* wird, dann hat sie ihre wahre Macht schon verloren, zumindest über einen selbst. Das ist doch unmittelbar irgendwo deutlich, oder?"
„Ja."

„Also bevor ich davon spreche, was man tun kann, möchte und muss ich noch von der Lüge sprechen – *damit* es absolut deutlich ist, wie das alles heute wirkt. Je tiefer ihr das durchschaut, desto mehr könnt ihr dem am Ende entgegensetzen, auf welche Weise auch immer das dann sein wird. Also die Lüge...

Aber so, wie die Wahrheit durch die Lüge nach und nach sichtbar wird, wird auch die Lüge durch die Wahrheit sichtbar. Ich will zuerst einmal von Zoe sprechen. Ich weiß natürlich, dass Zoe das nicht mag – aber ich versuche es so, dass es nicht zu persönlich erscheint.

Allein schon, dass sie es nicht *mag*, zeigt ganz viel. Zwar mag kein Kind oder Jugendlicher, dass man über ihn oder von ihm spricht, aber bei manchen ist es noch etwas anderes. Zoe möchte *überhaupt* nie im Mittelpunkt stehen, und das zeigt sehr, sehr viel von ihrem wahren Wesen. Ich denke, du, Tom, begreifst das sowieso viel besser als jeder andere...

Und jetzt ist da so ein Mädchen, das eine so ungeheure Liebe zur Natur hat, das so still und allein und irgendwo auch einsam seinen Weg geht, den man wirklich bezeichnen kann als: Weg der Liebe. Da ist ein Mädchen mit ungeheuren Kräften der *Hingabe* – und sie gibt sie da hin, wo es wahr ist: denn die ganze Natur ist ein Wunder, ein Heiligtum, etwas Unerschöpfliches, ein Meer von Schönheit und von Sinn, tiefem Sinn, was einem gar nicht deutlich werden muss, aber die Seele *fühlt* es.

Und mit einer ungeheuren Hingabe hat *eine* Seele noch das unverletzte, heilige *Band* zu diesem Wunder – und ist so im Grunde selbst ein Wunder... Denn nirgendwo sind andere Seelen zu finden, die eine ähnliche Hingabe besitzen – eine ähnlich selbstlose Hingabe zu dem Richtigen, dem Wahren, dem Schönen und dem Guten. Nirgendwo. Und die Engel würden vielleicht sagen: ‚Manche Seelen *leuchten*. Aber es sind nur noch ganz wenige...'

Und dieses Mädchen kennt das Geheimnis des Lebens. Es muss das überhaupt nicht wissen – aber es ist so. Denn mit den eigenen Lebenskräften der Seele ist es mit diesem Geheimnis noch innig verbunden. Ihre Seele lebt noch – und dieses Leben erfasst das Leben da draußen, in der Natur. Es ist etwas Unmittelbares, es geht nicht über den Kopf, es geht einfach über das Herz, direkt über die Seele – weil sie noch lebendig ist. Weil sie diese reinen, heiligen

Kräfte der Hingabe und der Liebe kennt. Diese sind gerade der Schlüssel zu dem Geheimnis. Das Wunder erschließt sich, wenn man selbst den Schlüssel besitzt. Aber dieser Schlüssel besteht aus den *heiligsten* Kräften der Seele. Denen, denen jeder Selbstbezug mangelt. Hingabe und Liebe..."

Zoe war ein wenig sehr unwohl, aber ihre Oma streichelte einmal ihr Haar und fuhr fort:
„Und das Unvorstellbare ist: Das zählt heute als absolut unwichtig! Es interessiert niemanden mehr! Man *versteht* es nicht einmal mehr! Ja, man erkennt es irgendwo noch, bewundert es vielleicht auch – aber schon im nächsten Schritt bezeichnet man es als ‚naiv' und ‚verträumt' und ‚nicht realitätstauglich'. Merkt man da eigentlich noch seinen eigenen *Widerspruch?* Denn auch die eigene Seele hat kurz erkannt, was da in Wirklichkeit vorliegt, aber man *übergeht* das unendlich Berührende und ‚besinnt' sich auf das ‚Eigentliche' – die ‚harte Wirklichkeit'. Und da lautet das Urteil natürlich vernichtend: Unsinn. Weltfremd.
Aber das bedeutet nichts anderes als auch wieder: Für einen Moment hat man die volle, die leuchtende Wahrheit erkannt. Aber im nächsten Moment *unterwirft* man sich wieder, erneut, der Welt, die die *Gegenmächte* geschaffen haben und denen man offenbar *lieber* dient, als seine eigene Seele nicht zu verraten. Man unterwirft sich also der Herrschaft der Lüge – und zwar so schnell, dass man nicht einmal die eigene Unterwerfung bemerken muss. Stattdessen hat man noch das gute Gefühl, die Wahrheit als ‚weltfremd' ‚erkannt' zu haben, man macht aus der eigenen Unterwerfung also noch eine angebliche Überlegenheit.
Und daran erkennt ihr diese Gegenmacht untrüglich: dass sie mit dieser *belächelnden Überheblichkeit* daherkommt; dass sie fast schon mit Spott, in jedem Fall aber mit *Herabsetzung* das heilige Nicht-Fassbare für unwesentlich oder auch nur weniger wichtig erklärt als die ‚harte Wirklichkeit', auf die es nun einmal ankomme."

Die Plätzchen standen längst unangerührt, denn bei dem Gewicht all dessen konnte man das einfach nicht nebenbei...
„Und bei dem sogenannten ‚Elterngespräch' war das alles geradezu ungeheuerlich spürbar. Es musste gar nicht ausgesprochen werden.

Und es konnte sogar scheinbar ganz um Zoes ‚Wohl' gehen – das *war* ja gerade die Hauptlüge! In Wirklichkeit interessierte Zoes Wesen doch keine einzige Sekunde lang! Es ging nur, einzig und allein, um die Vorstellung, wie ein Schüler und eine Schülerin heute zu sein und zu funktionieren haben – und um *nichts anderes*. Zoes Wesen und was in ihr noch lebt, interessierte diese Vertreter der Schule, entschuldigt den harten Ausdruck, *einen Dreck*. Aber so ist es! Und genau das ist die Gegenmacht: Aus dem Heiligsten, gerade aus diesem, macht sie *einen Dreck*. Und sie ist erst zufrieden, wenn die menschlichen Seelen das genauso sehen: Dass Zoes Wesen eigentlich ein Dreck ist, von der Bedeutung her, und dass man alles tun müsse, dass sie begreift, dass das wirkliche Leben sich ganz woanders abspielt, nämlich in Tests und Noten, und dass nur das nachher zählen wird, für das wirkliche Leben, das von vorne bis hinten von den Gegenmächten bestimmt ist, weil auch da der Mensch immer weiter ‚funktionieren' muss. Und das Ganze geht so schnell, dass man gar nicht merkt, was geschieht, weil es mit der Geballtheit der selbstverständlichen ‚Tatsachen' daherkommt. Und die Tatsachen lauten: Das Wesen einer noch leuchtenden Mädchenseele ist ein Dreck – wir müssen sie *kurieren*.
Ist euch klar, was das heißt? Es heißt, eine *Vernichtung* – nicht einmal nur eine Vergewaltigung, sondern eine Vernichtung! – wird noch als Heilung deklariert! Das ist die aller-allergrößte Gotteslästerung, denn der wirkliche Heiler, das Christuswesen, wird dabei verleugnet und verspottet, und der Geist der Lüge, die Gegenmacht, wird angebetet, als Wahrheit behauptet. Die Vernichtung von Seelen wird als Handeln zu ihrem Wohl ausgegeben.
Die heutige Schule ist eine *Vernichtungsmaschinerie*. Sie will bloßen Gehorsam, aber was sie laufend tut, ist, heilige Seelenfähigkeiten schlicht auszurotten. Und gerade weil das alles so unvorstellbar ist, kann es vor aller Augen geschehen. Denn niemand würde glauben, dass sich das Perverseste vor aller Augen abspielen könnte! Aber das tut es. Und alle, alle sind überwältigt, halten das für Normalität – und machen mit! Sie machen sogar mit! Sind derart völlig blind, dass sie es alle selbst glauben. Dass die Vernichtung einer Mädchenseele ihre Heilung wäre... Damit ein weiterer Zombie auf Erden herumläuft... So weit sind wir schon..."

114

„Aber was –", setzte Tom an.

Doch zugleich brach es aus Zoe heraus:

„Oma!", schluchzte sie. „Ich kann nicht mehr *zurück* in diese Schule!"

Die alte Frau tröstete sie mit einer umhüllenden Güte ohnegleichen. Und gleichzeitig sagte sie:

„Ganz ruhig, Mädchen... Ich bin noch lange nicht fertig. *Wir* sind noch lange nicht fertig..."

Zoe schluchzte leise noch weiter. Und nun streichelte Tom behutsam ihren Rücken, unsicher, wieweit er dies überhaupt durfte...

„Im Grunde müsste man an Schulen gerade das lernen, was Zoe kann. Dann würde sich von Grund auf eine Welt der Menschlichkeit aufbauen, weil man mit den wahren Kräften des Lebens zusammenleben würde und nie das Wesentliche aus den Augen verlieren würde, weil die Seele mit dem Wahren, Schönen und Guten heilig verbunden wäre. Es ist ganz, ganz klar, dass dies nicht von selbst so ist – selbst wenn jede Seele dies *mitbringt*. Gerade weil auf Erden eben auch die Gegenmächte wirken, muss die Seele dennoch auf diesem Weg erzogen werden – nicht um ihr etwas anzuerziehen, was sie nicht bereits hätte, sondern um ihr jene Kräfte zu geben, die in der Lage sind, sich gegen die Gegenmächte zu behaupten und das, was ihr anvertraut ist, zu bewahren und weiter zu vertiefen.

Die wahre Schule wäre also eine Schule der Engel. Und heute ist sie sehr weitgehend eine Schule der Gegenmächte. Denn sie setzt auf totes Wissen und nicht auf lebendige Liebe, nicht auf lebendige *Seele*."

„Aber ... wieso...", fragte Tom, „wieso ... kann Zoe das? Sie hat doch die gleiche Schule gemacht wie alle anderen?"

„Ja...", sagte die Oma. „Das habe ich mich auch immer gefragt: Wie kann dieses Mädchen das? Wie hält sie das nur aus? Und wie *bewahrt* sie dies alles bloß? Auch ich konnte Jahr um Jahr immer nur staunen, immer mehr nur staunen... Es gibt eben manche Seelen, die bringen sich einen *ungeheuren* Schatz mit auf die Erde. Und ... ich habe ja auch geholfen, dass er ihr nicht sofort entrissen wurde. Dass er gestärkt wurde, dass er genährt wurde. Und Zoes Eltern verstanden das schon damals nicht wirklich. Sie *sahen* zwar, wie Zoe gedieh und aufblühte – aber sie verstanden nicht, wie Märchen und all das dazu geradezu und regelrecht *notwendig* waren. Sie hielten es für weltfremd – und *sahen*, wie das Kind aufblühte! Das muss man sich mal vorstellen! Das bedeutet, die Gegenmacht wirkt heute schon so stark, dass man nicht einmal mehr glaubt, was man mit eigenen Augen sieht! Zoe wäre also weltfremd – die einzige Seele, die noch lebt. Während alle anderen Kinder, die in Plastikmüll und Bildschirmen ersticken, nicht weltfremd sind, weil sie ja später erfolgreich als funktionierende Berufstätige dahinvegetieren, während dieses eine Mädchen an den Verhältnissen früher oder später zerbricht. Weltfremd sind also die wahren Menschen, während die Zombies *nicht* weltfremd sind..."

„Aber", wandte Tom ein, „die Erwachsenen würden doch nie sagen, sie wären Zombies?"

„Nein – weil sie das *Prinzip* nicht verstehen und nicht durchschauen. ‚Zombies' ist natürlich etwas hart ausgedrückt. Ich sehe ja sehr wohl auch, dass Eltern natürlich auch einen guten Willen haben und ihr Kind lieben und all das. Aber sie alle passen sich an – und sie setzen die Herrschaft der Gegenmacht als selbstverständlich voraus. Unter dieser *Herrschaft* wollen sie dann das Beste für ihr Kind – also versuchen sie alles, damit das Kind sich auch anpasst oder möglichst schmerzlos angepasst *wird*. Denn sie wissen, dass das Kind dann am wenigsten Probleme haben wird, und das ist eben ihre Liebe. Sie machen sich nicht klar, welche Dimensionen dies hat – und dass sie das Kind vorher *vernichten* müssen, um hinterher ein angepasstes Kind vor sich zu haben, von dem sie sich dann sagen können: Ich habe alles für das Kind getan und ihm so gut geholfen, wie ich konnte. Sie sehen nur das problemlose Danach, nicht aber die Vernichtung *davor*... Das wollen sie nicht sehen – und sie tun alles, um sich die Augen davor zu verschließen."

„Das bedeutet, man ist ganz allein...", stellte Tom fest.

„Ja – jeder, der sich gegen die Gegenmacht stellt, um das *Leben* zu verteidigen, nicht nur sein Leben, sondern das Leben überhaupt, ist zunächst ganz allein. Bis er andere Seelen trifft, die genauso bedingungslos das Wahre erkennen, empfinden und erleben."

„Und was können wir tun?"
„Du, Tom, musst überhaupt erst dieses Leben finden, das Zoe kennt und das du sicherlich vor allem mit *ihrer* Hilfe finden wirst. Es reicht keineswegs, die Gegenmacht verstanden zu haben, denn danach meint man sehr schnell, man sei nicht mehr in ihrem Bannkreis, aber man ist es natürlich *noch immer*. Schnell und hochmütig sich gegen die Gegenmacht zu stellen, reicht nicht. Man muss selbst ein heiliger, tiefsinniger, ernster und aufrichtiger Vertreter des *Lebens* werden. Man kann die Gegenmacht nicht mit ihren eigenen Mitteln schlagen. Man muss ein völlig neuer Mensch werden, um ihr etwas entgegensetzen zu können. Mut und Demut müssen praktisch *gleichzeitig* vorhanden sein. Man darf nicht nur das Falsche bekämpfen wollen, man muss vor allem *das Wahre* in sich zum Wachstum kommen lassen. Das ist der viel schwierigere Weg. Deswegen gehen ihn die meisten gar nicht erst. Sie wissen zwar alle, was falsch läuft – aber niemand sät in sich die Samen des Richtigen, niemand bereitet in sich *heiligen Boden*..."
„Und wie macht man das?", fragte Tom zögernd.
„Dass du Zoe liebst, ist schon einmal der richtige Weg", erwiderte ihre Oma lächelnd.
Berührt schwieg Tom nun...

„Und was kann *ich* jetzt machen?", fragte Zoe leise und leidvoll.
„Ja, Zoe, du ... mein liebes, liebes Mädchen... Die erste *Überlebenstechnik* ist wahrscheinlich, sich einfach zu spalten. Im Evangelium sagt Christus an einer Stelle, als er gefragt wird, ob es richtig sei, dem Fremdkaiser Steuern zu zahlen: ‚Gebt dem Kaiser, was des Kaisers ist, und Gott, was Gottes ist.' Nun ging es da natürlich nur um albernes Geld, um bloße Münzen, und hier um etwas ganz anderes. Und dennoch: Nichts kann dich hindern, totes Wissen auswendig zu lernen und auch noch wiederzugeben – und auf der anderen Seite das lebendige *Leben* in dir mit voller Kraft zu bewahren.
Das Hauptübel dieses toten Stoffes ist ja, dass er so schnell die *Liebe zur Wirklichkeit* erstickt. Vieles Wissen könnte sogar die Liebe zur Wirklichkeit vertiefen – aber dafür müsste diese Liebe *zuerst* da sein. Du hast sie, Zoe. Lass den Stoff, diesen toten Lernstoff, einfach absolute *Nebensache* sein – und hüte und vertiefe

dein Band zu dem wirklichen Leben nur um so mehr. Man kann den Weg in das Tote hinein um so weiter gehen, je mehr man die Lebenskräfte in sich trägt. Wenn das Tote also gefordert ist, mache das Leben in dir reicher als je zuvor. Das Geheimnis ist, sich in gewisser Weise *unantastbar* zu machen, Zoe. Dein innerer Reichtum, dein inneres Leben, deine innere Liebe muss zu etwas werden, was dir *nicht genommen* werden kann. Und das kannst du! Ich weiß es.

Du hast ... jetzt gemerkt, gespürt und erlebt, dass das tote Wissen tatsächlich *tötet* – nämlich die lebendige Wahrheit und das wahre Leben. Es hat damit *nichts* mehr zu tun. Es ist nur noch das Skelett des Lebens. Aber das muss und *kann* dich im Grunde gar nicht daran hindern, dennoch ganz und gar das Leben zu lieben und eine heilige Hüterin dieses Bandes zu bleiben. Das Leben in dir und das Leben außerhalb – dieses beides als etwas Heilig-Unzertrennliches..."

Tom sehnte sich danach, an die Stelle dieses ‚Lebens außerhalb' treten zu können – auch, mit –, auch er wollte mit Zoe heilig-unzertrennlich werden...

„Aber es wird mir genommen, Oma!", sagte Zoe verzweifelt. „Diese ganzen Testfragen sind wie ... wie Schläge... Sie wollen das Lebendige aus mir herausprügeln..."
„Dann wirst du lernen, diese Schläge auszuhalten, Mädchen... Und sie sogar als Illusionen zu erkennen... Als machtlose Illusionen. Als kindische Fragen, die meinen, mit solchen Fragen würde die Wirklichkeit erfasst. Du wirst sie spielend beantworten, wie man kindische Fragen nun einmal beantwortet – und du wirst wissen, dass damit eigentlich *gar nichts* gesagt ist. Du hast die Antworten brav gelernt – und sie *bedeuten* nichts. Sie bedeuten auch nichts für dein eigenes wahres Leben. Es läuft einfach nebenher..."
„Ich weiß nicht, ob ich das kann, Oma... Es belastet mich so unglaublich, all dieses Theoretische, Tote zu lernen. Ich *will* auch nicht wissen, wie ein Insekt von innen aussieht oder all das – ich will all dieses Zombie-Wissen nicht haben, es tötet wirklich etwas in mir... Ich bekomme bereits Alpträume bei dem Gedanken daran,

das immer weiter zu müssen... Ich gehe kaputt, weil ich die Natur dann nicht mehr so lieben *kann* wie jetzt..."

„Ja, ich verstehe, was du meinst, Kind. Aber es bleibt dabei: Diese Dinge werden dir immer wieder begegnen. Wir können ihnen heute nicht mehr ausweichen. Das Problem ist, dass ... ich mache es jetzt einmal konkret. Ein Insekt sieht, wenn man es aufschneiden würde, wirklich so aus. Und andere Lebewesen auch. Nicht wie im Schema. Aber es gibt alle diese lebendigen Organe. Das Problem ist, dass man sich all dem absolut *ehrfurchtlos* nähert. Man kann dann eine Grafik beschriften und fertig. Und im Kopf hat man dann nur noch ein *Schema*. Es ist klar, dass dies die lebendige Liebe zur wirklichen Realität unmittelbar abtötet. Deswegen haben die Menschen nur noch so wenig Liebe – weil sie so viele Schemata im Kopf haben.

Aber, Zoe – in Wirklichkeit trägt noch das Kleinste auf Erden eine unendliche Weisheit der Schöpfung in sich. Wenn man sich *wirklich* vertieft in das, was zum Beispiel die Nieren tun, die Leber tut, der Magen, dann ist das nichts Unappetitliches, dann ist das etwas *Heiliges*. Es sind eigentlich Wunder über Wunder – nur dass man das nicht mehr *begreift*. Man lernt etwas, man beschriftet etwas – und man hat noch nicht ansatzweise begriffen, was man da eigentlich vor sich hat!

Aber du – du, Zoe, du kennst die Ehrfurcht. Du kannst wissen, wie man sich diesen Dingen nähern kann. Es reicht sogar, wenn du dir sagst: Das ist etwas unendlich Weisheitsvolles und Heiliges. Selbst ich verstehe es nicht. Das muss ich auch gar nicht. Ich muss nur wissen, dass es in Wirklichkeit etwas Heiliges ist. Und selbst die Beschriftung mache ich mit diesem Gefühl. Ich fühle mich nicht gezwungen, sie zu machen, ich mache sie freiwillig. Und ich mache sie mit einer Empfindung, die weiß: Ihr alle habt *keine Ahnung*, um was es hier geht. Aber wenigstens ich entheilige diese Dinge nicht, indem ich sie mit einem heiligen Empfinden beschrifte – in Ehrfurcht sogar noch vor jenem Insekt, was einst präpariert wurde, um dieses Wissen zu gewinnen. Ich heilige es gerade dadurch, dass ich aus einem heiligen Staunen nicht herausfalle. Aus einem heiligen Wissen, dass damit viel mehr verbunden ist, als was wir in der Schule lernen. Die Malpighischen Gefäße sind ein

Wunder – und sie einfach nur *benennen* zu können, sagt noch gar nichts..."

„Du kennst das noch?", fragte Zoe staunend. „Nach ... nach fast siebzig Jahren?"
„Ich habe mich immer auch tief für die Ergebnisse der Wissenschaft interessiert, Zoe – *gerade* da, wo es um das Leben ging. Für mich war das nicht getrennt. Noch bevor ich es wusste, konnte ich staunen ... oder zumindest lieben. Auch diese scheinbar toten Fakten, die aber doch immer Zeugen des Lebens sind. Einsame, unverstandene Zeugen. Alles, was die Wissenschaft zutage fördert und benennt und beschreibt, hat mit dem Leben zu tun. Sie kann es nicht erfassen. Aber es hat damit zu tun. Meine Liebe zum Leben war so groß, dass ich sogar *das* mit Liebe umfassen konnte und aus dieser Liebe heraus aufnehmen...
Aber ich hatte immer ein starkes Denken, neben dem Herzen, und ich weiß, dass du viel, viel stärker im Fühlen lebst, Zoe. Deswegen kann es gut sein, dass du diesen Weg nicht so gehen kannst wie ich. Aber lass dir das Fühlen nicht *nehmen*, auch wenn es um diese Dinge geht. Umkleide und umhülle auch die Malpighischen Gefäße einfach mit deiner einzigartigen Gabe des Fühlens, Zoe – und es wird gehen. Ich bin sicher... Verströme einfach deine Seele auf alles, was dir begegnet. Solange dein Inneres einfach *kräftiger* ist als das, was dir begegnet, kann dir gar nichts geschehen.
Um es ganz deutlich zu sagen: Habe nicht das Gefühl, dass dein Fühlen dir genommen wird, wenn tote Fakten auf dich einstürzen, sondern umhülle diese Fakten mit deinem unbesieglichen Leben, das ihnen *entgegenströmt* und sogar *sie* wieder zum Leben erweckt. Verstehst du, was ich meine?"

„Nicht ganz...", klagte Zoe. „Wie kann ich denn *Totes* zum Leben erwecken? Das geht doch gar nicht!"
„Es *entstammt* dem Leben, Zoe. Noch das Toteste stammt ursprünglich aus einem Lebendigen. Stelle du den Zusammenhang einfach wieder her – denn du kennst ihn. Sieh *du* nicht nur das tote Schema, sondern durchdringe es mit dem Bewusstsein von der *eigentlichen* Wirklichkeit. Und dann beginne, es mit heiligen Empfindungen zu beschriften. Dann trägst du das Leben in den Fried-

hof des Scheinwissens hinein – und was *dann* aufersteht, ist das, was du sowieso immer in deiner Seele trägst. Und von dreißig Tests, die zurück zum Lehrer gehen, trägt *einer* in sich eine heilige Substanz. Es ist gleichgültig, ob der Lehrer das sieht oder nicht sieht..."

Zoe musste aufschluchzen.

„Zoe, was ist...", sagte Tom leise, aber ihre Oma schüttelte den Kopf, worauf er berührt und beschämt verstummte.

Schließlich stieß Zoe zwischen Schluchzern mühsam hervor:

„Oma! – – Du kannst – du kannst es alles immer – so wunderschön – beschreiben! Denkst du – denkst du wirklich – dass ich das – so kann!?"

Tom begriff, dass Zoe gerade überglücklich war.

„Ich weiß es, Kind. Ich kenne dich doch... Geh deinen Weg nur mit aller Kraft *weiter*..."

Zoe schluchzte hemmungslos, und irgendwie ahnte er, dass dies gerade für sie sehr, sehr notwendig war. Trotzdem streichelte er hilflos ihren Rücken... Seine Liebe zu ihr glühte wie etwas Unendliches. Ein weinendes Mädchen *war* etwas Unendliches. *Dieses* Mädchen, wenn es weinte...

Als Zoe sich allmählich wieder beruhigte, nahm ihre Oma vorsichtig den Faden wieder auf.

„Und dein eigener Weg kann viele Gestalten annehmen, Zoe. Er kann sich auch aufzweigen. Du kannst viele verschiedene Wege gleichzeitig gehen – und sie werden alle *ein* Weg sein. Du kannst zum Beispiel Tagebuch schreiben – wenn du das nicht sowieso schon tust –, oder du kannst anfangen, Gedichte zu schreiben. Gedichte, wie dir zumute ist. Gedichte über das Mysterium des Lebens. Gedichte, die das Heilige, Unbeschreibliche wieder erlebbar machen. Mit Gedichten sind wahre Wunder möglich! Sie können ausdrücken, wovon man nie glaubte, dass man es ausdrücken könnte. Sie sind nicht nur eine Lebensäußerung und damit oft genug Rettung der eigenen Seele – sie öffnen auch anderen Menschen die Augen für das *Wesentliche*. Setze den toten Schemata das Licht von Gedichten entgegen!

Das ist nur ein Beispiel für eine Kraft, die dein wahres, heiliges Band behüten kann. Aber, ich denke, auch die Natur *selbst* wird dir weitere Wege zeigen, wenn du sie in innigem Zwiegespräch befragen wirst. Oder vielleicht sogar die Welt der Engel selbst. Sobald man mit Fragen lebt, mutig, aufrichtig, kommen auch Antworten. Aber vielleicht vor allem: *Vertrau* dir *selbst*, Zoe! Du bist nicht allein. Ich meine jetzt nicht Tom oder mich – ich meine die ganze Welt, mit der du lebst! Sie lässt dich nicht im Stich. Diese ganze Welt, über die ich jetzt so lange gesprochen habe, sie ist die Realität, mit der du fortwährend lebst. Sie ist eine *Macht*. Und deine eigene Seele ist eine *Macht*. Niemand kann das besiegen. Erkenne, dass es umgekehrt ist: Dein reines, leuchtendes Innenwesen ist eigentlich *unbesiegbar*. Besiegt werden kann es nur, wenn du deine eigene Schwäche empfindest. Aber das ist nicht wahr. Das ist gerade deine größte Stärke. Du allein kennst die Wirklichkeit. Und du lässt sie dir von niemandem nehmen. Im Gegenteil – du trägst sie in alles wieder *hinein*. Du kämpfst nicht. Aber du hörst nie auf, dein Leuchten in alles hineinfließen zu lassen. Du bist keine Revolutionärin, Zoe, jedenfalls sehe ich das nicht. Aber du bist eine Botin des Lichtes und der Liebe – und das ist *mehr*..."

Zoe saß wie ein kümmerlicher Haufen in der Mitte zwischen ihnen beiden, und es war deutlich, dass sie mit solchen Worten überhaupt nicht umgehen konnte...

„Einfach still leuchten, Zoe. Nicht damit aufhören. Das ist eigentlich schon alles. Alles andere kommt dann von selbst, wenn es an der Zeit ist. Das Wesentlichste aber ist *das*."

„Also ... einfach ... so *weitermachen*?", fragte Zoe kläglich.

„Nein, Zoe, das ist kein Weitermachen. Das ist ein Neuanfang. Wir waren jetzt an einem Todespunkt. Und wir fangen neu an. Das ist etwas völlig Neues, was jetzt kommt. Es ist eine Auferstehung... Sei dir dessen bewusst. Und selbst wenn es sich nicht so anfühlt – es *ist* so."

„Aber ich...."

„Ja – du machst trotzdem so weiter wie bisher. Und all das, was ich jetzt gesagt habe, kannst du auf deine Weise darin aufnehmen. Du wirst zunächst *denken*, es ist alles wie vorher. Und doch wirst du nach und nach merken, wie du *tatsächlich* neue Kräfte in dir finden wirst. Und daran wirst du erleben, dass es *nicht* einfach ein Weitermachen war..."

Zoe atmete einmal tief durch. Dann sagte sie leise:
„Ich hatte gedacht, ich müsste sterben, Oma... Und ich hatte sogar gedacht, wenn ich dann sterbe, dann merken die anderen wenigstens, wie es wirklich ist...“
„Ja, Mädchen... Das verstehe ich nur zu gut... Aber du sollst eine Zeugin des *Lebens* werden, nicht eine des Todes sein müssen...“
„Aber was ändert sich dann eigentlich, Frau Weber?“, fragte Tom vorsichtig.
„Zunächst einmal das, dass deine Freundin hier am Leben bleibt, du kleiner Heißsporn!“
Unmittelbar war Tom zutiefst beschämt – und wollte sogar im Erdoden versinken, weil Zoe jetzt sonst was von ihm denken müssen würde.
„Aber ich verstehe deine Frage ja sehr gut, Tom“, fügte die alte Dame nun hinzu. „Doch leider ist es auch eine Realität, dass ungezählte junge Menschen an diesem System *tatsächlich* zugrunde gehen – und man schiebt es immer nur ihnen selbst zu. Das System ändert sich nicht, egal, ob Kinder und Jugendliche daran buchstäblich zugrunde gehen. Zoe hätte da keine Ausnahme gemacht. Selbst wenn es kurzzeitig in der Presse erschienen wäre. Die Welt ist überhaupt noch nicht bereit, das wirklich Notwendige zu begreifen. Dass die Schule eine Katastrophe ist, erkennt man von Zeit zu Zeit – worin aber die wirkliche Alternative bestünde, davon ist man noch *weltenweit* entfernt. Zoe ist eine derjenigen, die diese neue Welt in sich tragen. Und du musst diese auch finden, Tom. Und dann müsst ihr vorsichtig nach Wegen suchen, dieses Neue *erlebbar* zu machen. Die Seelen der anderen Menschen, das, was in ihnen verschüttet ist, wieder *berühren*... Das wird ein langer Weg sein. Aber ihr seid die, die ihn gehen können...“

„Und du, Oma?“, fragte Zoe jetzt. „Bist du diesen Weg nicht auch gegangen? Konntest du denn überhaupt etwas erreichen?“
Die sanfte, verletzliche Frage stand im Raum.
Tom spürte eine Art Abschluss des Bisherigen und war aufgrund dessen so ‚unverschämt‘, sich noch ein Plätzchen zu greifen... Zoe sah es und verurteilte ihn hoffentlich deswegen nicht...

„Ja, greif nur zu, Tom", sagte ihre Oma nun. „Wir haben das Gewichtigste ja nun erst einmal überstanden. Du auch, Zoe, wenn du magst. Nimm dir doch bitte noch..."

Zoe tat nun, wie ihr geheißen...

„Ich... Ja... Nun, ich denke, wenn ich *einen* so wunderbaren Menschen wie Zoe beschützen konnte, bis sie ihren eigenen Weg findet, unverlierbar und unbesiegbar ... dann würde das schon reichen, um mit allem Frieden wieder zurück in die geistige Welt zu gehen – wo man ja nicht ,*aus* der Welt' ist, wie ihr nun wisst. Die allergrößte Hilfe kommt ja sogar stets und immer von *dort*. Auch alles, was ich schenken kann, kommt von dort, und von dort trage ich es in mir, soweit ich das kann.

Aber wie gesagt – die Frage nach dem ,Erreichen' ist höchst vielfältig. Das größte Erreichnis ist zunächst ... sich selbst *treu* bleiben zu können. Ein Leben lang. Allein schon *das* wäre ... etwas erreicht zu haben. Dann, außerdem noch ein einzigartiges Kind zu beschützen... Das ist mehr, als die meisten Menschen von sich sagen können. Aber ... ich habe das natürlich mein Leben lang versucht. Immer wieder. Menschen auf das Wesentliche hinzuweisen. Nicht hier, die äußerliche Welt, sondern das andere, das Wesentliche. Und ... manche haben es glaube ich verstanden. Was sie dann daraus machen, ist ihre Sache. Manche fallen wieder zurück. Aber das kann ich nicht ändern. Auf diesem Weg wird man sehr bescheiden, Tom. Man tut sein Bestes, aber was andere Menschen dann tun, kann man wirklich nicht mehr beeinflussen...

Aber sieh mal: Wenn *jeder* nur bei sich anfangen würde – und dort wirklich erreichen würde, dass die Gegenmächte machtlos werden ... dann wäre die ganze Welt verwandelt. Ist das nicht ein Wunder? Im Grunde muss jeder nur einen einzigen Menschen erreichen. Sich selbst... Helfe ich noch anderen, habe ich mein ,Soll' eigentlich schon ,übererfüllt'. Und das ist das Wunderbare. Dass es trotz aller scheinbaren Aussichtslosigkeit überhaupt nicht aussichtslos ist. Noch in der allergrößten Wüste gibt es immer wieder neues Leben... Dieses Bild solltet ihr tief in euch unerschütterlich bewahren..."

„Oma ist wie eine Quelle in der Wüste", sagte Zoe nun, irgendwie an ihn gerichtet. „Sie sagt *immer* solche Dinge. Es gibt einfach *niemanden* sonst wie sie..."
Er hätte auch gern eine solche Oma gehabt. Vielleicht wäre er dann auch ein würdigerer Freund dieses Mädchens geworden. Oder wäre alles dann so ‚normal' für ihn gewesen, dass er sie nur wie eine Art ... *Cousine* betrachtet hätte?
Da fiel ihm noch etwas ein.
„Sie hatten doch vorhin von anderen *Schulen* gesprochen? Die von diesem..."
„Von Rudolf Steiner gegründet wurden?"
„Ja, genau – können Sie darüber denn noch etwas sagen? Gibt es die denn noch?"
„Ja, es gibt sie noch, das sind die Waldorfschulen. Sie versuchen wirklich etwas grundsätzlich anderes, das stimmt. Aber das ist leider oft auch nur noch die Theorie. Dennoch – ich habe Zoes Eltern am Anfang gesagt: Dieses Kind braucht unbedingt eine *Waldorfschule*. Und notfalls muss man dafür eben auch umziehen. Aber deine Eltern hatten dagegen Vorbehalte, vielleicht allein schon, weil es von mir kam. Jedenfalls wollten sie das nicht – und was soll man da machen? Vielleicht ist es ja auch gut so gewesen. Im Grunde hat Zoe so inmitten einer wirklich sehr seelenlosen Umwelt ihr Eigenes so sehr behauptet, auf andere Weise, wie ihr dies vielleicht gar nicht *möglich* gewesen wäre, wenn ihr da mehr entgegengekommen wäre. Sie hatte zwar durchgehend ungeheure Einsamkeitserlebnisse – aber Einsamkeit ist nicht immer das Schlechteste. Obwohl sie leidvoll ist, ist Einsamkeit etwas *unglaublich* Stärkendes... Manchmal glaube ich, Zoe ist einfach *ihren* Weg gegangen, und es musste alles so sein. Sie hat sich ja schließlich auch diese Eltern ausgesucht..."

„Wie...", fragte Tom konsterniert.
„Ja, Tom!", sagte ihre Oma lächelnd. „Kinder suchen sich ihre Eltern aus – nicht umgekehrt. Wusstest du das nicht?"
Er verstand die Welt nicht mehr.
„Nein, im Ernst. Wenn der Mensch bereits vor der Geburt existiert, sogar lange, lange vorher, ewig ... dann ist es doch nicht mehr weit bis zu der Erkenntnis, dass *er selbst* zusammen mit seinem Engel

und noch höheren Wesenheiten bestimmt, wann und wo und bei welchen Eltern er wieder geboren werden will... Dass das heute manchmal fast absurd erscheint, liegt nur daran, dass die ganze Welt immer absurder wird und dass es die idealen Eltern schlicht und einfach gar nicht mehr gibt. Aber manchmal ist eben auch gerade das Schwierige dasjenige, was man sich sucht, um an den Widerständen und Hindernissen zu *wachsen*, verstehst du? Und vielleicht hat sich das auch Zoe gesucht. Sie ist ja gerade jemand, der dieses Geheimnis viel tiefer kennt als jeder andere: das Geheimnis, innerlich zu *wachsen*...‟

„Aber ich weiß nicht, warum ich mir *meine* Eltern gesucht haben soll‟, stellte Tom fest.

„Weißt du, Tom, das Leben ist *sowieso* ein großes Mysterium. Vielleicht war dein Plan ja gerade, ganz, ganz normale Eltern zu finden, wo du selbst ungehindert in die Hände der Gegenmächte versinken konntest, jedenfalls in ihre Versuchungen, um eines Tages auch aus *ganz eigener Kraft* daraus wieder aufzutauchen – nur durch die Begegnung mit dem Wunder des ganz Anderen...

Und weil du die Gegenmächte so unglaublich gut kennst, wirst du wiederum *anderen* Menschen helfen können, sie zu erkennen und sich von ihnen zu befreien. Denn was *du* kennst, kennt Zoe nicht... Und manche Menschen werden Zoe nicht verstehen. Aber diese Menschen werden dann *dich* verstehen können...‟

Ihm schwirrte der Kopf. Auf einmal klang alles so groß, so weltenweit – und er spürte die allertiefste Bedeutung dessen. Er fragte sich, ob er dieser Verantwortung auch nur ansatzweise gerecht werden könnte...

„Aber ich wollte ja von der Waldorfschule erzählen. Waldorfschule ist nicht möglich ohne Waldorflehrer. Es muss Menschen geben, die das nicht Sichtbare so zum Mittelpunkt ihres Lebens machen, wie ich das beschrieben habe. Denn schon der Mensch selbst ist von seinem Wesen her etwas nicht Sichtbares. Man kann es nur mit den Seelen- und Geistesaugen sehen. Weil aber diese Menschen selten sind, wurden die Waldorfschulen, als sie sich ausbreiteten, immer *weniger* Waldorfschulen. Die Essenz wurde immer verdünnter, und man hätte es lieber bei wenigen Schulen belassen, anstatt jetzt viele zu haben, die aber alle keine mehr sind. Wie auch immer, trotzdem sind sie fast immer noch viel besser als die Staatsschulen. Aber die nächste liegt eben auch fast anderthalb Stunden von euch entfernt, und das jeden Tag zweimal! Aber ... ja, meine Großmutter hat Rudolf Steiner noch gekannt, und mein *Vater* ist in die erste Waldorfschule gegangen. Er wurde mitten im Krieg geboren, kurz nach Kriegsbeginn, und 1921 eingeschult, zwei Jahre nach Eröffnung der Waldorfschule, in Stuttgart war das. Und er hat mir später viel, viel erzählt. Er hat seine Lehrer glühend geliebt – das waren noch Lehrer! Das gibt es heute gar nicht mehr. Es gibt andere gute Lehrer, aber nicht mehr diese Pioniere. Das waren Erlebnisse, die das ganze Leben durchtrugen. Das war eine Lebensschule, im wahrsten Sinne des Wortes. Ja, wenn es heute noch solche Schulen gäbe..."

„Könnte ich mir diese Waldorfschule denn nicht einmal *ansehen*, Oma?"

„Doch, natürlich, Zoe. Jede Waldorfschule ermöglicht irgendeine Probewoche oder so etwas. Natürlich nur, wenn in der Klasse überhaupt noch Platz ist, was ja oft nicht der Fall ist, denn die Nachfrage ist meistens doch groß. Aber wirklich, Kind, mach dir nicht *zu* große Hoffnungen. Es kommt dir vielleicht entgegen – aber es ist längst auch nicht das, was es sein sollte. Ich kann mir gut vorstellen, dass es dich zuerst anzieht, dann aber doch auch in vielem enttäuscht. Gerade die Oberstufe ist oft am wenigsten mehr waldorfgemäß. Aber du müsstest es selbst herausfinden – ob es dir die drei Stunden Weg jeden Tag wert ist..."

„Ja, ich denke, das will ich auf jeden Fall. Ich will es herausfinden!"

Tom war leicht geschockt. Hieß das, dass er und Zoe vielleicht nicht mehr zusammen auf dieselbe Schule gehen würden? Dieser Gedanke war für ihn nur schwer erträglich.

„Könnte ich das vielleicht auch?", fragte er zögernd.

„Das darfst du nicht mich fragen!", lachte ihre Oma.

Sie strich Zoe zärtlich und zugleich kräftig über den Rücken.

„So, Kinder – jetzt müsst ihr die Plätzchen aber wirklich noch alle machen!"

Zoe und er griffen gehorsam und gerne fast gleichzeitig zu.

„Und...", fragte die alte Frau dann. „Zoe, Mädchen ... denkst du, dass du deinen Weg jetzt vertrauensvoll fortsetzen kannst?"

„Ja, Oma...", erwiderte Zoe. „Ich denke schon... Ich glaube schon... Im Moment fühlt es sich so an..."

„Gut, Kind. Dann verlier es nicht... Aber wem sage ich das? Du bist ja eine Meisterin im Nichtverlieren..."

„Aber..."

„Nein, Zoe, glaub mir. Und was dein Gefühl dir jetzt sagt, das wird auch nicht trügen. Vertrau einfach dir selbst. Das ist der wirkliche, der heilige Schlüssel..."

*

In einer innigsten Umarmung hatten sich Großmutter und Enkelin dann verabschiedet – und auch er war umarmt worden. Aber würde Zoe ihn jemals so umarmen, wie sie da ihre Oma umarmt hatte...?

Voller Gedanken und Empfindungen gingen sie still in sich gekehrt wieder in Richtung Bahnhof. Während sie auf den Zug warteten, dehnte sich das Schweigen weiter aus. Er verstand es ja, dass Zoe zutiefst erfüllt war, aber zugleich hatte er solche Sehnsucht nach ihr.

Als der Zug dann schließlich kam und sie einstiegen und sie im Abteil dann immer noch weiter schwieg ... hielt er es nicht mehr aus und fragte:

„An was denkst du...?"

„An all das... An alles...", erwiderte sie.

Und wieder versank sie in Schweigen.

Hilflos trieb er ab in eine Einsamkeit, die sich nach ihr verzehrte und doch nichts von ihr zu bekommen schien. Sonst hatte ihre Anwesenheit immer gereicht. Aber jetzt war er sozusagen belanglos geworden. Er konnte ihr nicht einmal helfen, sie brauchte auch keine Hilfe mehr – geholfen hatte ihr jemand anders. Er wusste, dass diese Gedanken egoistisch waren. Dennoch konnte er nichts gegen das Gefühl machen, bedeutungslos geworden zu sein...

Er ertrug das Gefühl stoisch, obwohl es ihn zu einem Häuflein Asche verbrannte, das am Ende noch mit ihr den Weg nach Hause ging, bis sich ihre Wege vor ihrem Gartenzaun trennen würden. Doch an genau diesem Punkt, vor ihrem Haus, wandte sie sich ihm zu ... und umarmte ihn mit einer Spontanität, die ihm den Atem verschlug. Und ganz nah an seinem Ohr hörte er ihre reine Mädchenstimme:
„*Danke*, Tom... Danke für alles... Du hast mich *gerettet*...“
Sie schenkte ihm noch ihren klaren Blick, den er im Licht der Straßenlaterne auffing, dann verabschiedete sie sich lächelnd ‚bis morgen‘ und schien anmutig wie ein Engel ihrer Haustür entgegen zu wandeln. Er war völlig benommen...

*

Auf seinem eigenen Bett liegend, fragte er sich, was mit ihm los war – oder was er tun sollte. Jede Zuneigung von ihr raubte ihm den Atem, denn er sehnte sich so endlos nach ihr. Und zugleich war sie doch nun einmal nicht verpflichtet, ihr ganzes Leben sich um ihn drehen zu lassen – das würde sie auch niemals tun. Aber würde sie ihn überhaupt jemals lieben? Oder würde sie ihm nur dankbar sein, wenn er etwas für sie tat ... was sie aber immer weniger brauchen würde, denn jetzt hatte sie doch wieder ... ihren eigenen Weg? War er überhaupt noch von *Bedeutung* für sie?

Und wieder... Er wusste, dass diese Gedanken egoistisch waren. Aber wie konnte er ihr *je* etwas bedeuten, wenn er ihr *nichts* mehr bedeutete, nichts Wesentliches mehr? Er war jetzt doch gleichsam überflüssig geworden? Indem er sie gerettet hatte, durch die Anrufe bei seiner Oma, hatte er sich, seine Notwendigkeit, zugleich selbst abgeschafft... Und er konnte gegen die Gefühle der Eifersucht einfach nichts machen...

Und er konnte nichts tun. Zoe trug im Grunde ihre eigene Bedeutung in sich. Sie war mit sich selbst und mit der Natur glücklich.

Und er trug in sich ... nichts. Nichts außer seiner Liebe zu ihr – aber diese bedeutete jetzt eben nichts mehr. Sie war für Zoe nunmehr wertlos. Seine Aufgabe war erfüllt. Sie würde ihn *nie* lieben... Jetzt nicht mehr... Mit heißen Tränen weinte er sich in den Schlaf...

Am nächsten Tag beobachtete Tom ihre Silhouette wieder von seinem Platz aus. Sie schien still und in sich gekehrt. Aber er konnte nicht sagen, wie es ihr ging. Er sehnte sich nach ihr, aber sie schien ihm ferner denn je.

In der Pause ging er zu ihr und fragte sie:
„Wie geht es dir, Zoe..."
„Gut..."
„Wirklich?"
„Ja."
„Brauchst du etwas..."
„Nein..."
„Gut, dann..."
Zögernd ließ er sie wieder allein. Er wollte sich ihr nicht aufdrängen. Er wollte nicht das Gefühl bekommen, dass er es *tat*...

In den nächsten Pausen ließ er sie in Ruhe. Sie schien innerlich auch mit sich selbst beschäftigt zu sein.

Einsam wollte er nach Schulschluss dann wieder in großem Abstand hinter ihr gehen, aber sie wartete am Schultor auf ihn.
Er schaute sie fast verwundert an.
„Wollen wir nicht zusammen nach Hause gehen?"
„Äh ja... Wenn du willst...", sagte er noch immer betroffen.
Wieder schwieg sie beim Gehen.
Schließlich sagte sie:
„Es tut mir leid, dass ich immer so viel nachdenken muss..."
„Ist schon gut..."
„Wirklich?"
„Na ja, Zoe ... ich bin ja froh, dass es dir wieder ... besser geht. Ich verstehe ja, dass du über vieles nachdenken musst..."
„Und du?"
„Ja, ich auch..."
Dass er immer an *sie* denken musste, sagte er nicht...
Nach einiger Zeit sagte sie:
„Aber wenn es dir zu einsam wird, musst du es sagen..."
„Und dann?", fragte er.

Sie lächelte fast schüchtern.

„Ich weiß nicht..."

In dem Moment fand er sie so süß, dass er sie am liebsten umarmt hätte. Aber das tat er natürlich nicht.

„Ja, gut..."

Schweigend gingen sie bis nach Hause.

An ihrem Gartentor drehte sie sich zu ihm um und fragte:

„Möchtest du ... noch mitkommen in den Wald?"

„Ja."

Sie brachten ihre Schulsachen jeder zu sich, dann gingen sie los.

Vor kurzem war er hier noch Hand in Hand mit ihr gegangen. Jetzt wagte er es nicht mehr...

Kurz bevor sie den Wald erreichten, geschah jedoch etwas für ihn völlig Unerwartetes: Ihre warme Hand stahl sich in die seine. Er erschrak fast und sah sie an. Wieder lächelte sie schüchtern – und er konnte sein Glück kaum fassen. Schnell schaute er wieder auf den Weg, und warme Wogen durchpulsten sein Inneres...

Aber dann schwieg sie wieder, und auch er fand keine Worte.

Wie redete man mit einem Mädchen, das man liebte – und von dem man überhaupt nicht wusste, was es *selbst* empfand? Außer dass sie viele Fragen in sich bewegte...

Nach langer Zeit sagte sie schließlich:

„Ich habe gestern noch ein Gedicht geschrieben..."

Auch jetzt wusste er nicht, was er sagen konnte.

„Willst du es hören?", fragte sie zögernd.

„Ja. Natürlich, Zoe..."

Er kam sich unaufrichtig vor. Er hatte Angst. Er hatte Angst, nicht *mit* ihr fühlen zu können. Er kannte sich – und er kannte sie...

Sie ließ seine Hand los und holte einen gefalteten Zettel aus ihrer Jackentasche, den sie auffaltete. Und während sie langsam weiterging, las sie:

„Es heißt ‚Ich und ihr'... Also...

Ich sehe das Wachsen der Bäume

und das Ziehen der Wolken

und ihr testet mein Wissen.

Ich sehe die Freude der Blumen
und die Gemeinschaft der Pilze
und ihr gebt mir Noten.
Ich sehe das Licht in den Blättern
und den Frieden der Abendsonne
und ihr bewertet meine Leistung.
Ich sehe unendliche Schönheit
und tausende Wunder
und ihr ... was seht *ihr*? – –"

Verletzlich hielt sie das Blättchen noch einige Momente in der Hand, dann faltete sie es wieder zusammen. Er hätte sie am liebsten zärtlich umarmt. Aber vor ihrem Gedicht war er hilflos.

„Du findest es nicht so besonders, nicht wahr...", fragte sie irgendwie zerbrechlich.

„Doch..."

„Du brauchst nicht zu sagen, was du nicht denkst..."

‚Aber', dachte er, ‚kann ich sagen, *was* ich denke?'

Er spürte, wie sie sich zurückzog. Mit allem Mut, den er hatte, sagte er:

„Ich hätte dich am liebsten umarmt, Zoe..."

Sie sah ihn an, fast ein wenig furchtsam.

„Warum?"

„Um dich zu trösten..."

„Aber darum geht es doch gar nicht."

Er spürte es wie eine schmerzliche Zurückweisung.

In Gedanken versunken gingen beide eine Weile. Mehr denn je fühlte Tom sich fehl am Platz...

„Es geht nicht um Mitleid, Tom."

„Ja."

„Du warst doch auch bei meiner Oma..."

Jetzt kam es also... Jetzt zeigte sich, dass er ihrer gar nicht würdig war – dass sie ihn auch gar nicht brauchte...

„Was denkst du denn?", fragte sie. „Wie geht es *dir* denn und was denkst *du*..."

„Ich mache mir ja *auch* viele Gedanken, seitdem...", erwiderte er vage. „Aber ... ich kann das so nicht... Und ich denke ... vor allem ... immer an *dich*..."

Er brauchte dafür wieder allen Mut, den er hatte. Aber seine Worte hatten eine völlig andere Wirkung, als er mit dem Mut der Verzweiflung gehofft hatte.

„An mich? Aber verstehen tust du es nicht, nicht wahr? Für dich ist es doch eigentlich nur ein Gedicht, oder? So, wie für jeden anderen. Du erlebst das doch alles gar nicht, nicht wahr? Ich weiß es doch. Du willst mich trösten, aber du kannst das, was ich erlebe, mit mir doch niemals *teilen*, nicht wahr?"

„Ich..."

„Sag es doch ehrlich, Tom!"

„Ich weiß es doch nicht, Zoe..."

„*Jetzt* konntest du *nichts* davon erleben, nicht wahr?"

Er wusste nicht, was er antworten konnte.

Aber da lief sie schon weinend fort, zurück nach Hause...

„Zoe...!"

Sie hielt nicht an...

Der Tag darauf war eine völlige Katastrophe. Er wagte es nicht mehr, sich ihr zu nähern, und auch sie ging ihm aus dem Weg, obwohl sie mehrmals in seine Richtung schaute. Es war fast nicht auszuhalten. Nach Schulschluss wartete sie nicht am Tor, sondern ging einsam nach Hause – und er folgte vernichtet in großer Entfernung...

Direkt nach der Schule rief Zoe ihre Oma an.

„Oma?"

‚Ja, Zoe – wie geht es dir?'

„Nicht gut. Ich habe mit Tom gestritten..."

‚Wieso? Was ist denn passiert?'

„Es ist kompliziert... Wir sind in den Wald gegangen. Und ich habe ihm mein erstes Gedicht vorgelesen... Aber ich denke, er kann nicht miterleben, wie es mir geht, Oma. Was ich erlebe... Ich fühlte mich so einsam..."

‚Kannst du es mir auch einmal vorlesen, Kind...?'

„Ja, warte..."

Sie holte das Blättchen und las das Gedicht vor...

‚O, Zoe... Das bist du, wie du leibst und lebst. Ich sehe dich in jeder Zeile vor mir...'

„Siehst du, Oma? Das kannst immer nur du..."

‚Und wie habt ihr euch dann gestritten?'

„Ich sagte, er finde es wohl nicht so besonders, weil ich das fühlte. Und als er ‚doch' sagte, sagte ich, er muss nicht sagen, was er nicht denkt. Und dann hat er gesagt, dass er mich am liebsten umarmt hätte, weil er mich trösten wollte, aber um Mitleid geht es doch gar nicht, Oma! Das habe ich ihm auch gesagt. Und ich habe ihn gefragt, was *er* denn denkt, denn er war doch auch bei dir... Wir waren doch *zusammen* bei dir... Und er sagte dann nur, er könne das so nicht. Und er würde vor allem immer an mich denken... Und dann habe ich ihn gefragt, ob er mich denn auch *verstehen* könne. Aber er würde doch nichts von dem Gedicht selbst erleben. Ich weiß es doch, habe ich gesagt. Er will mich trösten, aber er kann das mit mir nie teilen, Oma! Er konnte meine Frage nicht beantworten. Und dann ... bin ich weinend nach Hause gelaufen. Es war alles so furchtbar..."

Sie hörte ein langes Seufzen am anderen Ende der Leitung.

„Was denkst *du* denn, Oma...", fragte sie leidvoll.

‚Er liebt dich wirklich, Zoe... Ich hoffe, das weißt du.'

„Ja... Aber ich *will* gar nicht umarmt werden, Oma. Nicht aus Mitleid und auch nicht anders. Ich spüre doch, dass er es am liebsten auch anders tun würde..."

‚Und du gar nicht?'

„Nein."

‚Und warum nicht?'

„Ich bin noch überhaupt nicht so weit, Oma. Ich will das alles noch gar nicht..."

‚Darf ich dich etwas fragen, Zoe?'

„Ja, was denn?"

‚Wenn du eines Tages so weit bist... Könnte er je der Richtige sein? Was spürst du?'

„Wegen dem Verstehen oder nur wegen dem Umarmen?"

‚Jetzt mal nur das Umarmen...'

„Ich glaube, ich würde mich von keinem *anderen* umarmen lassen..."

‚Also wäre er dafür schon der Richtige, wenn es soweit ist?'

„Ja... Aber ich möchte das nicht... Ich möchte auch nicht, dass er warten muss... Vielleicht möchte ich es ja nie... Oder erst in zwei Jahren... Bis dahin haben wir uns schon völlig zerstritten und aufgelöst..."

‚Warum denn, Zoe...? Was spürst du denn sonst mit ihm?'

„Ich spüre, dass er in meiner Nähe sein will. Dass er mich umarmen will. Dass er sich freut, wenn wir Hand in Hand gehen..."

‚Das habt ihr getan?'

„Ja."

‚Und ... war es für dich auch schön?'

„Ja. Aber ich spüre dann auch, dass er mehr möchte... Oder dass er *nur* das möchte. Aber mein Gedicht, meine Gedanken, meine Gefühle kann er nicht verstehen..."

‚Und du, Zoe? Was spürst *du* mit ihm? Außer dass er dich nicht verstehen kann?'

„Na ja ... ich bin ihm dankbar ... dafür, dass er für mich da war... Verstehst du? Er war es ja! Er war der Einzige, der für mich da war. Als wir von dir nach Hause kamen, habe ich ihn vor der Tür umarmt und ihm gesagt, dass er mich *gerettet* hat... Ich war so dankbar..."

‚Und ... ist das alles?'

„Was meinst du, Oma?"

‚Ist das alles? Ist da diese Dankbarkeit und das war es? Oder ist da vielleicht noch mehr? Zoe, Mädchen ... du machst jetzt all diese schwerwiegenden Erlebnisse durch. Aber da gehen zwei schwerwiegende Fragen parallel. Das Eine sind deine schweren und leidvollen Erlebnisse mit der Schule. Das Andere ist deine Schicksalsbegegnung mit diesem Jungen. Diese ist nicht *weniger* bedeutsam, auch wenn es dir zunächst so scheint. Deswegen frage dich auch einmal wirklich dazu, befrage deine Seele in tiefster Aufrichtigkeit. Was empfindest du für Tom... Was schlummert auf dem Grund deiner Seele? Es geht jetzt nicht darum, was er im Moment schon vermag. Es geht um das, was *du* für ihn empfindest, wenn du ganz genau in dein Herz schaust...

Die entscheidende Frage ist eigentlich: Sehnst du dich auch nach *seiner* Nähe – oder bist du ihm eigentlich nur dankbar und würdest jetzt viel lieber wieder allein deinen Weg weitergehen – oder nur mit angenehmer Unterstützung durch ihn? Wenn er dir in deinem Herzen nicht *wirklich* etwas bedeutet, dann lass ihn lieber nicht leiden, Zoe – denn dann wirst du ihm wirklich das *Herz* brechen.

Ich weiß, dass er sich nach etwas anderem sehnt, was du ihm im Moment nur sehr begrenzt geben kannst. Aber ich weiß auch, dass allein schon deine Nähe ihn unendlich glücklich macht – wenn du nur irgendwie das, was dich beschäftigt, mit ihm teilen könntest, ohne dass er das Gefühl haben muss, er kann dir darin sowieso nicht folgen. Ich kann mir vorstellen, dass er sich vor dir fortwährend schuldig und nichtswürdig fühlt. Verstehst du, Zoe? Auch *er* leidet, obwohl er dich so liebt. *Weil* er dich so liebt...

Ist dir nicht klar, was er alles schon für dich getan hat? Wie sehr er sich hingibt, um deine Liebe irgendwie zu gewinnen? Ich habe in meinem Leben eigentlich kaum jemanden gesehen, der so sehr versucht, etwas zu gewinnen, obwohl er fast keine Chance hat... Tom ist ein unglaublich guter Junge, Zoe... Ich weiß, dass du das weißt. Aber prüfe dein Herz, was es empfindet... Und berücksichtige alles, was du siehst, wenn du deine inneren Augen aufmachst... Nicht immer sind *die* Beziehungen am erfülltesten, wo man einander ganz versteht. Manchmal geht es nur darum, dass man alles *versucht*... Frage dich, was du dir eigentlich wirklich wünschst, Zoe... Ich will noch einmal sagen: Ich habe eine solche Liebe nur selten gesehen...'

Sie schwieg in einem heillosen Wirrwar von Gefühlen.

,Zoe, Kind... Ich will auch nicht, dass du dich in irgendeine Richtung gedrängt fühlst. Ich will nur, dass ihr keine Fehler macht, die euer beider Herzen zerreißen. Das muss doch nicht sein... Was deine Einsamkeit in den Gedanken und Gefühlen betrifft – Tom ist nicht so wie du, Zoe. Er wird es auch nie sein. Aber das ist nicht das Entscheidende. Entscheidend ist, dass er dich nur aus einem einzigen Grund liebt: Weil du so bist, wie du bist. Und das ist ein Beweis für etwas sehr Wesentliches – nämlich dafür, dass er weit mehr versteht, als du meinst. Er kann deine Erlebnisse nicht *teilen*. Aber er liebt dich dennoch gerade deshalb abgrundtief, weil du diese Erlebnisse *hast*. Und vielleicht kannst du sie ihm eines Tages mehr und mehr vermitteln. Sehne dich nicht danach, dass er *dich* versteht. Sehne dich danach, ihm Dinge vermitteln zu können, die er nicht vermag, die er aber vielleicht eines Tages können wird, wenn du ihm hilfst. Seine einzige Sehnsucht ist deine Nähe. Und wenn deine Sehnsucht eines Tages auch *seine* Nähe ist, werdet ihr sehr, sehr glücklich werden. Er *will* dich verstehen, Zoe... Aber er wird nur das mit dir teilen können, was *du* ihm ermöglichst... Wenn du von ihm verstanden werden willst, dann bist du selbst der Schlüssel... Gib ihm das Gefühl, dass er dich lieben *darf*, Zoe... Aber wenn er es nicht darf ... dann brich sein Herz *jetzt*...'

„Ich *will* es ja gar nicht brechen...", brachte Zoe mühsam hervor, einem Schluchzen nahe...

,Dann gib ihm nicht das Gefühl, zu versagen. Hilf ihm – du bist die Einzige, die das kann. Er gibt dir mehr, als du siehst... Gib auch du ihm, so viel du kannst...'

Zoe schwieg bestürzt und beschämt...

,Ich sage, so viel du kannst, Zoe... Nicht so viel, wie du denkst, du musst... Du bist der Schlüssel, Zoe... Zwing dich nicht... Sei einfach du selbst... Ich wollte nur, dass du die Augen ganz aufmachst, das ist alles...'

„Und wenn ich es nicht kann, Oma?"

‚Dann sag es ihm, Mädchen... Jeder Junge mit einer solchen Liebe hat es verdient, wenn man ihm sagt, dass er trotz allem keine Chance hat...'

„Das ist mehr Verantwortung, als man tragen, Oma."

‚Nein. Außerdem weiß ich, dass du es unendlich sanft machen würdest...'

„Aber es würde ihm trotzdem das Herz brechen."

‚Ja. Aber du hast doch noch gar nicht in dein *eigenes* Herz geschaut. Vielleicht musst du diese Verantwortung ja gar nicht tragen. Wovor fliehst du eigentlich mehr? Vor dieser Verantwortung – oder vor deinem eigenen Herzen? Nimm dir einfach ein, zwei Tage Zeit, tief aufrichtig hinzuschauen... Und dann können wir ja noch einmal sprechen... Ich bin immer da, wenn du mich brauchst, Zoe... Immer...'

„Oma?"

‚Ja?'

„Ist das Leben immer so kompliziert?"

‚Nein. Nur an manchen Punkten. Heilige Entscheidungen sind nie einfach. Aber kompliziert ist es auch nur bei besonderen Menschen. Jede Gabe ist eine Aufgabe. Und jede besondere Entscheidung ist auch eine Art Geschenk.'

„Geschenk? Was meinst du?"

‚Sieh nicht immer nur das Schwere, Zoe. Siehst du nicht das Großartige? Das Gewebe der Schicksale? Was wäre, wenn Tom *nicht* in dein Leben getreten wäre? Du stehst jetzt vor einer Entscheidung. Aber davor lag bereits ein unglaubliches Geschenk... Und auch, sich entscheiden zu dürfen, ist ein solches.'

„Alles, was du sagst, Oma, deutet ja nur immer wieder auf dasselbe hin..."

‚Ja, Zoe. Aber wenn du die Dinge *anders* siehst und anders empfindest, dann hat das, was ich sage, keine Bedeutung mehr. Es hat nur insofern Bedeutung, als es auch *deinen* Blick auf Dinge lenkt, die du dann ebenfalls sehen kannst. Wenn aber dein Urteil oder deine Gefühle dennoch andere sind – dann *entscheide* anders... Ich wollte nur, dass du nichts übersiehst. Aber vielleicht habe ich etwas übersehen... Das alles kannst nur du wissen. Und du brauchst dich erst zu entscheiden, wenn du *dir selbst* völlig sicher bist – mit allem. Verstehst du? Du selbst...'

„Ja...“
‚Das alles war jetzt nicht ganz das, was du erwartest hast, nicht wahr, Kind?'
„Ich weiß gar nicht, was ich erwartet habe... Ich wollte dir nur mein Leid klagen...“
‚Weshalb?'
„Weil wir ja gestritten haben...“
‚Siehst du?'
„Was sehe ich?“
‚Dein Leid, weil ihr gestritten habt.'
„Was meinst du?“
‚Denk mal drüber nach, Zoe...'
„Du meinst, niemand passt besser zueinander als wir...?“
‚Das hast du gesagt, Mädchen...', lächelte ihre Oma.
„Ach Oma, warum ist es so schwer...“
‚Damit deine Seele lebendig bleibt, Zoe. Du bist wirklich ein Goldkind...'
„Danke, Oma...“
‚Sag mir, wenn deine heilige Besinnung zu Ende ist...'
„Ja, das werde ich. Versprochen.“
‚Ich liebe dich, Zoe. Und, bitte – alles, was zuviel war, musst du wirklich auslöschen und abschütteln. Geh *deinen* ureigenen Weg. Manchmal bin ich vielleicht auch zu – –'
„Aber es war schon alles wichtig, was du gesagt hast. Ich glaube schon, dass es wichtig war, Oma. Ich muss einmal ganz ruhig ... du weißt schon...“
‚Ja... Danke, Zoe...'
„Wofür?“
‚Dass du für deine alte Oma immer Verständnis hast...'
Zoe musste leise kichern.
„Oma!“
‚Nein, nein, ich meine es schon so...'
„Bis bald, Oma... Ich liebe dich auch! Unglaublich liebe ich dich...“

‚Bis bald, Zoe, bis bald...'

*

Eine Stunde später klingelte es erneut – diesmal an der Haustür.

„Tom?"

„Darf ich hereinkommen, Frau Weber?"

„Aber natürlich... Was hast du denn auf dem Herzen?"

„Ich weiß nicht, ob ich überhaupt noch herkommen darf, oder ob Sie mir überhaupt noch helfen wollen – oder können. Ob ich es überhaupt noch *wert* bin ... ich glaube, Sie werden mich *sowieso* wieder wegschicken..."

„Jetzt komm doch erst einmal rein, ganz in Ruhe, und setz dich erst einmal... Wieso sollte ich dich denn wieder wegschicken?"

Während er sich auszog, sagte er:

„Sie werden doch sicher sagen, ich weiß schon alles, und wenn ich das nicht tue oder schaffe, dann hat es eben keinen Sinn..."

„Möchtest du einen Tee?"

„Ja, gerne..."

Als sie nach einigen Minuten mit einem heißen Tee wiederkam, saß Tom wie ein Häufchen Elend auf dem Sofa, in der Mitte, wo beim letzten Besuch Zoe gesessen hatte.

Ihre Oma goss ihm ein, setzte sich diesmal in den Sessel und fragte nun ruhig und warmherzig:

„Was hat keinen Sinn?"

Und schon sprudelte es aus ihm heraus:

„Mit Zoe... Ich mache alles falsch. Alles, was ich mache, ist falsch. Reicht nicht. Ich kann sie sowieso nicht erreichen. Sie liebt mich nicht – wird es auch nie..."

„Jetzt mal der Reihe nach, Tom... Was ist denn passiert? Habt ihr euch gestritten?"

„Nicht direkt...", erwiderte er zögernd. „Nein, nicht, was Sie denken. Wir haben uns nicht gestritten. Aber ich bedeute ihr einfach nichts... Und ... vielleicht sogar mit Recht..."

„Jetzt erzähl doch mal, Tom... Was ist denn eigentlich geschehen?"

Tom holte einmal tief Atem. Dann erzählte er:
„Ich habe mich schon in der Schule nicht getraut, zu ihr zu gehen, weil sie so tief nachdenklich aussah, mit sich beschäftigt, in Gedanken versunken – das verstehe ich ja! In der ersten Pause habe ich sie dann gefragt, wie es ihr geht. Und sie hat ‚gut' gesagt. Ich habe sie noch gefragt, ob sie etwas braucht, und dann hat sie ‚nein' gesagt. Da habe ich sie wieder gelassen... Ich kam mir so überflüssig vor... Ich wusste nicht, was ich tun sollte – außer, sie wieder allein zu lassen.
Am Ende des Unterrichts hat sie dann völlig unerwartet auf mich gewartet und gefragt, ob wir zusammen nach Hause gehen wollen. Sie hat sogar gesagt, es tue ihr leid, dass sie immer so viel nachdenken muss. Zu Hause fragte sie dann, ob ich noch mitkommen will in den Wald. Das wollte ich natürlich. Ich wollte bei ihr sein. Und sie hat dann sogar meine Hand genommen. Ich weiß nicht, warum... Warum hat sie das getan...“

Er versank in schmerzvolle, entbehrungsreiche Gedanken, und die alte Frau ließ ihn, bis er wieder ansetzte:
„Aber sie sagte wieder nichts... Doch dann sagte sie, sie hätte ein Gedicht geschrieben, und ob ich es hören wolle. Und sie las es vor. Und es war wunderschön, aber vor allem war *sie* wunderschön, und am liebsten hätte ich sie in den Arm genommen und getröstet. Aber sie fühlte nur, dass ich das Gedicht selbst nicht miterleben konnte, dass ich *sie* nicht wirklich verstehen konnte – und sie sagte, um Mitleid geht es gar nicht. Sie sagte außerdem, ich wäre doch auch bei Ihnen gewesen. Und sie fragte, was *ich* seitdem eigentlich denke... Und ich konnte nur sagen, dass ich ... dass ich ... das so nicht kann, mir all diese Gedanken zu machen, die sie sich jetzt macht, und natürlich auch davor schon... Dass ich vor allem immer an *sie* denken muss...
Und dann hat sie gesagt: Aber verstehen tust du es nicht, stimmt's? Sie fühlte, dass ich nichts von dem, was ihr wichtig ist, mit ihr teilen könne... Und sie fragte mich noch einmal, ob ich es kann, und ich konnte nichts sagen ... und dann ist sie weinend weggerannt. Und ich rief sie noch ... und sie rannte aber einfach weiter ... zurück nach Hause...“

Einsam und verloren saß er nun auf dem Sofa. Die alte Frau schien auch einfach nur dazusitzen.

„Sie fragen sich sicher, was ich dann hier noch mache, oder? Sie sagen sicher gleich nur, dass Sie es doch von Anfang an gesagt haben – und dass ich doch jetzt *selbst* einsehen müsste, dass wir nicht zueinander passen. Ich *sehe* es ja sogar ein... Es tut nur so weh, und ich dachte – – ich dachte – – eigentlich weiß ich selbst nicht, was ich dachte..."

„Doch, Tom", lächelte ihre Oma. „Du weißt es. *Was* dachtest du..."
„Ich dachte", sagte er auf selbstzerfleischende Weise, „ich könnte mal eben herkommen, und Sie würden mich retten, auf eine Art, von der ich selbst nicht weiß, wie das gehen könnte."
„Das glaube ich dir nicht, Tom! *Das* hast du ganz sicher nicht gedacht..."
„Aber etwas in der Art... Ich habe mir eingebildet, Sie könnten helfen – aber das haben Sie noch nie getan, und ich verstehe sogar, warum... Sie können ja nicht an Zoe vorbei irgendetwas ... was weiß ich ... ‚machen' ... nur damit ... nur damit es am Ende eben *trotzdem* nicht stimmt, weil ich eben einfach nicht zu ihr passe..."
„Nein, Tom. Ich sage dir, wie es war. Du hast dir nicht *eingebildet*, ich könnte helfen – du bist mit heißer Verzweiflung und heißer Hoffnung hierhergekommen, und es war und ist dein einziger Rettungsanker, denn dein Gefühl ist, du habest Zoe eigentlich schon verloren... Ist es nicht so?"

Nun schossen ihm ohne Vorwarnung die Tränen in die Augen.
„Ja...", presste er mühsam hervor und musste die ersten Tränen bereits abwischen. „So ist es... Es ist so... Es ist einfach alles so furchtbar..."
Und bevor ihre Oma etwas antworten konnte, sprudelte es bereits weiter:
„Ich *wäre* ja gern ein anderer Mensch! Ich wäre ja gern genau so, wie Zoe will. Ich wäre gern der, den sie braucht! *Wie oft* habe ich es mir in den letzten Wochen gewünscht! Jeden Abend eigentlich... Immer, wenn ich merkte, ich bin es nicht... Und ich merkte es ja immer wieder... Ich bin es einfach nicht... Ich kann es eigentlich nur noch einsehen..."

„Tom..."

Die alte Frau blickte mit aller Güte eines langen Lebens auf ihn.

„Tom... Guck mich doch mal an..."

Mit aller Kraft, die ihm zur Verfügung stand, konnte er seinen Blick letztlich heben...

„Ich bin auch, wie ich bin", sagte sie jetzt. „Ich kann die Dinge eigentlich immer nur am Stück sagen... Ich bin kein Sokrates, der sich mit den Menschen so lange unterhält, bis sie gewisse Dinge selbst einsehen – ich mache es immer auf einmal. Also ... tut mir leid... Bist du bereit für eine weitere ‚Ansprache'...?"

„Ja... Machen Sie ruhig... Ich kann mir mein Todesurteil jetzt anhören. Ich bin zu allem bereit..."

„Glaubst du wirklich", lächelte sie, „ich musste so alt werden, um nur das wiederholen zu können, was *du selbst* schon gesagt hast?"

Erstaunt blickte Tom wieder auf, ein ungläubiger Ausdruck lag in seinem Gesicht.

„Hör mir einfach zu – so gut du es kannst, mit deiner ganzen Liebe zu Zoe, denn du liebst sie doch nun einmal, nicht wahr?"

Und der Junge hing an den Lippen der alten Frau, als sie nach einem tiefen Atemzug zu sprechen begann.

„Sieh mal ... ihr seid wie Feuer und Wasser. Wie zwei Menschen, die aus entgegen gesetzten Regionen der Welt zueinander fanden und nun etwas daraus machen wollen. Sie stoßen sich ab, scheinen nicht zueinander zu passen – und doch habe ich in meinem langen, langen Leben wenige Menschen gesehen, die *besser* zueinander passen würden als ihr.

Ihr wisst es nur noch nicht, denn noch prallt einfach nur Gegensatz auf Gegensatz. Du liebst sie heiß und innig – und hältst dich aber selbst für unwürdig. Und sie – liebt dich vielleicht auch irgendwo, aber weiß es noch gar nicht und lässt dich nur spüren, dass du sie nicht verstehst, weil sie das *empfindet*.

Wie kann man aus diesem schmerzlichen Knoten einen Ausweg finden? Es gibt eigentlich nur einen Weg: Zoe muss nach und nach einsehen, dass du der Richtige bist – und du musst der Richtige *werden*, Tom, denn noch bist du es tatsächlich nicht. Noch bist du tatsächlich der, der auch ihr Herz nach und nach brechen wird, wie sie deines bricht, wenn es euch nicht gelingt, *wirklich* zueinander zu finden.

Aber was bedeutet das? Zoe *kann* sich nicht ändern – und darf es auch gar nicht, denn du liebst sie gerade unendlich für das, was sie ist. Also kannst nur *du* dich ändern ... und nach und nach wird sie merken, wie sehr sie auch *dich* liebt.

Ich weiß, du kannst nicht der werden, von dem du meinst, du müsstest es, und von dem auch Zoe meint, sie bräuchte es. Aber ich denke, sie täuscht sich darin auch – und dadurch täuscht sie auch dich. Du musst nicht der werden, der du nie werden kannst. Aber du musst der werden, der du werden *kannst* – und den Zoe lieben wird, weil das *reichen* wird, mehr als reichen...“

Die alte Frau machte eine längere Pause, und Tom saß staunend und geradezu tief ergeben auf dem Sofa, um keine Silbe zu verlieren...

„Ich sagte, Zoe kann sich nicht ändern – und du würdest das auch gar nicht wollen. Also kannst vor allem nur *du* etwas tun, Tom. Und das Erste, was du tun musst, ist: Zoe *Zeit* lassen. Das bedeutet *nicht*, dich von ihr fernzuhalten. Es bedeutet nur: ihr nicht das Gefühl zu geben, dass sie irgendetwas tun muss. *Wenn* es so ist, dass du sie liebst, dann *muss* dir ihre Nähe bereits alles sein, was du dir wünschst. Ich weiß, dass das auch meistens so ist. Es wird nur anders, wenn du zu zweifeln beginnst, ob sie dich je lieben wird – ist es nicht so? Also musst du vor allem diesen Zweifel nie aufkommen lassen. Du musst darauf *vertrauen*, dass sie dich immer schon so liebt, wie sie es kann. Und wenn du dies spüren lernst – und das musst du –, dann kann auch *ihre* Nähe alles für dich sein, was dich bereits glücklich macht. Verstehst du, was ich meine?“
Er nickte, hilflos berührt von all diesen Gedanken.

„Sorge also dafür, dass deine Selbstzweifel aufhören, jedenfalls nie den Weg zu ihr finden. Höre auf zu zweifeln, höre auf, ihr deine Selbstzweifel zu ,schenken’, denn die hat sie gar nicht verdient, sondern schenke ihr deine *Zuneigung*. Und lass sie *spüren*, dass du in ihrer Nähe bereits glücklich bist, halte sie fern von allem Druck der Erwartung oder auch nur Sehnsucht. Deine Sehnsucht sei, ihre

Nähe zu haben – und wenn du sie hast, spüre, dass du glücklich bist!

Das ist der Schlüssel, Tom. Der Schlüssel zu ihrem Herzen. Sie braucht Zeit – und die musst du ihr geben. Mit allem, was du tust. Deine Nähe ist für sie keine Belastung, im Gegenteil. Das wird sie nur, wenn sie deine Erwartungen spürt. Wenn du aber keine hast, dann ist deine Nähe für sie eine Wohltat! Gib ihr deine Nähe in Verbindung mit aller Zeit, die sie braucht.

Und das bedeutet eben auch: Umarme sie nicht, wenn *du* es möchtest. Sondern nur, wenn du fühlst, dass *sie* es bräuchte... Lass deine Sehnsucht aus dem Spiel – und verwende alle Kraft deiner Liebe, *sie* immer mehr zu verstehen. Da beginnt wirklich eine Schule der Selbstlosigkeit, Tom. Aber du wirst bemerken, dass, je mehr du statt deiner eigenen Sehnsucht auf *sie* achtest und *sie* zu verstehen versuchst, *wirklich* zu verstehen ... dass in demselben Maß nach und nach sie sich vorsichtig *dir* mehr zuwenden wird... Weil sie dir vertraut. Weil sie spürt, dass sie nicht mehr weglaufen muss, vor deinen Erwartungen. Weil sie spürt, dass sie sich nun wirklich öffnen kann...“

Sie lächelte und war doch tief berührt von der Hingabe des Jungen.

„Und jetzt das Nächste – Zoes Empfindungen... Du denkst, du kannst sie nicht teilen. Aber wenn du erst einmal deine Sehnsucht unter Kontrolle gebracht hast, weil du stattdessen in einem lieben-den *Vertrauen* lebst, wird deine ganze Seele viel ruhiger sein – und auch du kannst dir zum ersten Mal wirklich *Zeit* geben. Wer kann schon unter Druck *irgendetwas* erreichen? Wenn du aber Zeit hast – nämlich das Vertrauen, dass du nicht wertlos bist, auch für sie nicht –, kannst du dich ihren Gedanken, ihren Empfindungen und ihren Gedichten *wirklich* zuwenden.

Du musst dich nicht unter den Druck setzen, *dasselbe* zu empfin-den, das wäre gerade das größte Hindernis. Es geht nur darum, sie zu verstehen... Und ohne all diesen Druck, nur mit deiner Liebe zu ihr, *wirst* du unendlich viel verstehen... Und du wirst sogar immer mehr selbst empfinden, berührt von *ihrem* Empfinden... Das alles wird so sein, wenn du dich von deiner Liebe leiten lässt. *Nur* von deiner Liebe, nicht von Druck, nicht von Selbstzweifeln, nicht von

Angst. Die Liebe geht ihren Weg mit geschlossenen Augen, es kann gar nichts passieren – und dieses Vertrauen musst auch du haben.

Aber noch ein Letztes. Es wird dennoch nicht für immer reichen, nur *sie* zu lieben und sich von *ihrem* Wesen berühren zu lassen. Nichts ist einfacher als das, Tom. Zwar kann schon ihr Wesen dich in die Tiefen dessen führen, was *sie* erlebt. Aber du musst doch auch lernen, das zu lieben, was sie liebt. Nicht genauso, aber auf einem Weg dorthin. So gesehen braucht sie *wirklich* jemanden, der einen Teil dieses Weges *mit* ihr gehen kann.

Du musst den ‚Gesang der Vögel' also wirklich finden. Aber nicht alles gleichzeitig und nicht heute. Viel, viel wichtiger ist das andere. Für das Letzte reicht es völlig, dass du ihr das Gefühl gibst, dass du auf dem Weg bist und diese Dinge suchst. Vielleicht kannst du sie bitten, dir zu helfen, dir eine Lehrerin zu sein.

Und lass sie spüren, *was* du bereits verstehst. Was dich berührt und was keineswegs nur Mitleid ist. Berührtsein ist viel mehr! Gestehe ihr ein, *dass* du berührt bist; dass du das selbst nicht kannst, aber dass es dir absolut nicht *gleichgültig* ist, denn gerade das liebst du ja in ihr! Lasse sie spüren, dass du sie *siehst*. Du siehst sie, Tom, innerlich, und das *ist* bereits ein Verstehen – auch wenn sie das noch nicht versteht. In Wirklichkeit versteht ihr euch besser, als ihr es begreift...

Ruhe also niemals in deiner echten Hingabe und Liebe ihr gegenüber – aber falle auch nie aus deiner Ruhe, die du ihr schenken musst. Mag sie auch einmal weglaufen, weil sie sich nicht verstanden fühlt. Sie wird immer wieder neu spüren, wie sehr du es versuchst und wie sehr du dich nach ihrer Nähe sehnst. Und das wird *sie* berühren... Und sie wird auch immer spüren, wann sie dir Unrecht getan hat. Wer, wenn nicht sie..."

Nun war sie fertig – und Tom saß wie erschlagen. Erschlagen von Güte. Von zarter, heiliger Verheißung... *Und* er schämte sich bei der Erinnerung an das, was er am Anfang gedacht hatte... Der Kontrast konnte nicht größer sein. Er schämte sich wahrhaft in Grund und Boden...

„Ich glaube, dein Tee ist kalt geworden...", lächelte die alte Frau.

Mit einem trockenen Gefühl der Scham im Hals nahm er einen Schluck, allein schon, um nicht unhöflich zu erscheinen...

„Ich glaube", brachte er dann hervor, „das Schwierigste wird trotzdem sein, nicht das Gefühl zu haben ... sie ... allein schon ihre Nähe ... gar nicht zu *verdienen*...“

„Das Gefühl ist doch nicht das falscheste, Tom...“, sagte ihre Oma gütig. „Ist es nicht sogar der *Kern* echter, tiefer Liebe? Unsagbar beschenkt zu werden? Dieses Gefühl? Das sollst du auf der einen Seite also gar nicht *verlieren*. Aber daneben muss eben geheimnisvoll etwas anderes treten. Eben dieses Vertrauen. Es muss wirklich *beides* sein – ein Paradox. Aber das ist möglich! Man *kann* in jedem Moment die Gnade fühlen und sie annehmen ... in dem heißen Wunsch, ihr auch im nächsten Moment würdig zu sein. Denn ob man es *ist*, entscheidet ja am Ende nicht man selbst, sondern die Quelle dieser Gnade...“

Wieder lächelte die alte Frau.

„Und wie gesagt, Tom – wenn Zoe wegläuft, heißt das nicht, dass du nicht würdig wärst. Es heißt nur, dass auch sie Sehnsucht nach etwas hat, wohin du erst auf dem *Weg* bist... Aber *dass* du auf dem Weg bist, macht dich bereits würdig. Und deswegen wird es auch nicht bei dem Weglaufen bleiben. Deswegen wird sie auch wieder zurückkehren... Denn du *erfüllst* auch Dinge, nach denen sie Sehnsucht hat ... auch wenn sie es manchmal nicht weiß. Aber sie sagt es ja selbst: sie *möchte* teilen, was sie denkt, fühlt, erlebt. Und sie wird es immer mehr können. Sie wird es immer mehr können, und du wirst sie immer mehr verstehen. Und so werdet ihr aufeinander *zugehen*. Ein Prozess zarter Annäherung... *Sie* braucht Zeit – und *du* brauchst Vertrauen... Und mehr braucht es nicht. Denn die Liebe hast du schon... Sie wird dir immer wieder neu alles zeigen...“

Tom war noch immer wie erschlagen.

„Und Sie meinen ... ich kann einfach wieder zu ihr gehen?“

„Ja. Wenn sie nicht zu *dir* kommt, kannst du zu *ihr* gehen. Immer wieder... Und wenn sie klagt, gib ihr Recht, gib es zu, zeige deine Schwächen. Aber lass nicht nach ... ihr deine *Liebe* zu zeigen. Es geht nicht um die Schwächen, Tom. Es geht um die Liebe. Und Zoe ist wie niemand sonst ein *Kind der Liebe*. Sie wird *Liebe* nie dauerhaft abweisen können... Sie müsste sich selbst verraten – und das kann sie nicht. Irgendwann wird sie erkennen, wer sie mehr liebt als jeder andere – und wen auch *sie* liebt..."

Dem Jungen standen wieder Tränen in den Augen. Er konnte fast nicht glauben, was hier alles gesagt wurde – über ihn, über das Mädchen, das er so abgrundtief liebte ... und über die Hoffnung, die er schon fast nicht mehr haben zu dürfen geglaubt hatte... Schließlich konnte er fast nur stammeln: „Ich hätte nie gedacht – –" „Doch das hast du", lächelte die gütige alte Frau. „Sonst wärst du nicht hergekommen... Du hast es nur nicht gewusst. Aber das eigene Herz ist meistens, nein immer, viel weiter als man selbst..." Noch einmal schüttelte ihn ein aufsteigendes Schluchzen. „Ja, ich glaube, Sie haben Recht... Aber ... glauben kann ich es noch immer nicht... Ich meine ... dass so etwas möglich ist... Kein Traum ist... Das jetzt, meine ich..." „*Manchmal* werden Traum und Wirklichkeit eins, Tom. Und eigentlich besteht das wirkliche Menschliche darin, das nicht nur seltenen ‚Zufällen' zu überlassen. Wir selbst haben die Macht über Traum und Wirklichkeit – und ihre heilige Vereinigung. Vergiss das nie... Du bist einer derer, die diese Wahrheit ‚verdient' haben und sie auch hüten können..."

*

Noch als er im Zug saß, fühlte er sich wirklich erschlagen – von etwas nicht Sagbarem. Er hatte das Gefühl, als hätte er diese Welt kurzzeitig verlassen und wäre in ein anderes Reich eingetreten, von dessen Existenz niemand wusste. Nur er. Ein Reich, das jenseits jeder menschlichen Vernunft war und doch im Grunde erst dort begann, wo es wirklich menschlich wurde. Und er begann jetzt erst wirklich zu verstehen, was das bedeutete ... dieses eine Wort: ‚menschlich'. Und zugleich verstand er weniger denn je. Die Dinge wurden einfach immer größer, unfassbar groß. Und auch er konnte das mit niemandem teilen. Jetzt verstand er, wie das war. Man war einsam ein Einziger – und *wusste*, dass es niemand sonst verstand. Und doch gab es nichts Wichtigeres. Aber man konnte mit niemandem reden.

Und der ganze Zug war wie in einen Segen gehüllt, und der Segen fuhr mit ihm, und er war der Mittelpunkt, ein ganz unverdienter Mittelpunkt, aber wie hatte es ihre Oma gesagt: Man konnte es nur *annehmen*, hilflos, überwältigt...

Am nächsten Morgen rief sein Vater ihn, weil es geklingelt hatte.

„Tom, komm doch mal! Da ist das Nachbarmädchen an der Tür. –
Wie heißt du nochmal?"
Er war bereits zur Stelle, als sie antwortete.
„Zoe..."
Als sie ihn erblickte, hellte sich ihr Gesicht sogleich vorsichtig auf.
Dann sagte sie schüchtern:
„Ich dachte ... also ... wir können doch ... zusammen zur Schule
gehen, oder nicht...?"
„Aber natürlich, warte, ich bin gleich da."
Er beeilte sich extra, um sie aus der peinlichen Situation mit sei-
nem Vater zu erlösen, der immer noch an der Tür stand, um das
schöne Mädchen nicht allein warten zu lassen, während sie es ge-
wiss einfach nur unbehaglich fand...
Schon war er angezogen und fertig und stürmte geradezu hinaus.
„Wir gehen dann, tschüüss...!"
Auch Zoe verabschiedete sich anmutig, und sein Vater schloss fast
kopfschüttelnd die Tür...

Tom hätte vor lauter Glück den ganzen langen Weg auch schweigend neben ihr verbracht, betört von dem Geschenk ihrer Nähe,
aber sie sagte gleich, nachdem er das Gartentor geschlossen hatte
und sie die kleine Straße entlanggingen, wiederum ein wenig
schüchtern:
„Es tut mir ... eigentlich leid wegen gestern... Ich ... ich glaube, das
war sehr unfair dir gegenüber..."
„Nein...", wandte er verlegen sofort ein, um ihr ihre Schuldgefühle
irgendwie abnehmen zu können.
„Doch... Bist ... du mir noch böse...?"
„Nein, Zoe... Ich ... war dir noch nie böse. Ich ... ehrlich gesagt, ich
habe immer nur darunter gelitten, dass ... ich manches nicht gleich
so schaffe, wie du ... wie du es hoffst ... und du hast ja auch Recht,
aber..."
„Nein, ich habe überhaupt kein Recht, das alles von dir zu verlan-
gen. Ich ... ich bin nur immer so allein, weißt du..."
„Ja..."

„Und ... mit dem Gedicht gestern ... ein Gedicht ist ja ... es war ja eben auch *mein* Fehler ... zu meinen...“

„Nein, es *war* nicht dein Fehler, Zoe! Es war kein Fehler. Erst recht nicht deiner. Dein Gedicht hat mich wirklich *berührt*. Das hat es. *Du* hast mich noch mehr berührt – aber dein Gedicht bist doch auch du ... Und auch das Gedicht hat mich berührt ... Ich habe es verstanden, Zoe... Ich weiß nicht, wie ich sagen soll...“

„Aber hast du nicht gesagt, du wolltest mich nur aus Mitleid umarmen?“, fragte sie vorsichtig.

„Ja... Aber vielleicht stimmte das gar nicht. Vielleicht ist es viel mehr gewesen. Denn du weißt ja, ich liebe dich einfach... Aber ich ... ich *muss* dich nicht umarmen, Zoe... Weißt du, ich wollte nur ... ich wollte nur ... du *tatest* mir auch wirklich leid. Denn das Gedicht *handelte* doch von Einsamkeit, oder nicht? Aber ... du tatest mir nicht nur leid ... ich habe es auch verstanden, Zoe...“

„Ja...“, sagte sie leise.

Dann sagte sie einige Schritte nichts mehr und dann:

„Ja ... ich *habe* dir Unrecht getan, Tom... *Ich* war es, der nicht verstanden hat...“

„Ist ja doch schon gut, Zoe...“

Wieder schwieg sie längere Zeit.

Dann fühlte er auf einmal wieder ihre warme Hand...

*

Die erste Stunde war eigentlich nur reines Glück. Tom versank in ihr Halbprofil, da saß ihre zarte Gestalt – und eigentlich bestand Schule nur daraus, *ihre* Anwesenheit zu schenken, gleichsam zu verströmen, ganz zart, ein magisches Wunder...

In der Pause ging er zu ihr, und wie ohne Worte bestand eine stille Übereinkunft, dass sie sich langsam gemeinsam über den Schulhof bewegten. Und natürlich wurden wieder die Rufe laut:

„Tom und Zoe, Zoe und Tom – seht doch nur dieses unglaubliche Liebespaar!“

Er giftete dem Rufer eine Erwiderung entgegen, aber Zoe sagte nur: „Lass sie doch... Es ist doch egal...“

„Stört es dich denn nicht?"

„Nein... Dich?"

„Ich würde alles auf mich nehmen, ohne dass es mir peinlich wäre. Es tut mir nur für dich leid..."

„Wieso?"

„Weil ich es *dir* gegenüber gemein und dreckig finde... Und ... du empfindest es ja auch nicht so..."

„Das ... ist *mir* doch egal..."

Etwas in seinem Innersten hatte natürlich innig noch eine andere Antwort erhofft, aber er wusste, dass er damit wirklich träumen würde. Wie unendlich schön war es bereits, dass es ihr *egal* war, als Liebespaar ,beschimpft' zu werden...!

*

Nach der Schule gingen sie wieder in den Wald. Tom hatte auch Angst davor, aber er hatte auch den Mut zu vertrauen...

Diesmal vermisste er ihre Hand aber wieder... Und dann schwieg sie auch von neuem. Und bald nahte auch wieder dieses Gefühl – in hohem Grade fehl am Platz zu sein neben ihr... Er musste sich zwingen, daneben noch irgendetwas anderes aufrechtzuerhalten.

Schließlich sagte sie leise:

„Warum kommst du eigentlich immer mit, Tom..."

„Das weißt du doch..."

„Aber..."

Wieder schwieg sie. Er wagte auch nichts zu sagen...

Dann setzte sie wieder an:

„Aber ... ist das ... ich meine ... ist das für dich ... nicht jedes Mal *schlimm*...? Ich meine ... was hast du denn davon..."

Er fühlte sich irgendwie beschämt oder wie ,töricht' gesehen.

„Ich bin bei dir...", sagte er mit trockener Kehle.

„Aber..."

Wieder ein kurzes Schweigen.

„Aber ... das ist doch nicht *genug*, oder...?"

„Doch... Zoe... Es ist ... *mehr* als genug..."

„Aber..."

153

Wieder musste er warten...

„...du ... willst doch eigentlich ... auch ... *mehr*, oder?“

„Was meinst du?“, fragte er etwas furchtsam.

„Na, alles eben... Meine Hand natürlich... Oder ... mich eben auch umarmen... Und das...“

Ihre zögernde Aufzählung trieb ihn tatsächlich in die Enge.

„Du *musst* das nicht, Zoe...“, sagte er betroffen. „Ich meine ... *ich* muss das nicht... Du ... du *brauchst* nicht ... also ... mir deine Hand zu geben ... oder so...“

Wieder schwieg sie eine Weile.

„Aber du möchtest es eben...“, sagte sie leise.

In leiser Angst sagte er:

„Aber ich möchte noch etwas...“

„*Noch* etwas?“, wiederholte sie.

Voller Sehnsucht sagte er:

„Ich möchte auch ... dass es ... dich nicht *belastet*. Du musst es nicht, Zoe... Wirklich...“

Beschämt schwieg sie. Dann sagte sie:

„Aber ich weiß es dann doch...“

„Aber ich weiß es doch auch.“

„Was weißt du auch?“

„Dass du es nicht möchtest...“

„Das zählt ja nicht.“

„Warum nicht?“

„Das schlechte Gewissen habe doch nur *ich*.“

„Dann vergiss es doch einfach...“

„Das kann ich aber nicht.“

„Ehrlich, Zoe. Du musst nicht. Du musst gar nichts... Wirklich.“

„Ja ... aber ... du wirst sehr unglücklich, weil du gar nichts ... also ... ‚bekommst‘...“

„Ich bekomme doch unglaublich viel.“

„Was denn?“

„Die ganze übrige Zoe...“

Bestürzt schwieg sie.

Schließlich fragte sie:

„Wieso bedeute ich dir eigentlich so viel?“

Er fragte sich unmittelbar, ob sie an diesem Punkt nicht schon einmal gewesen waren.

„Du tust es einfach... Ich ... habe dir doch schon einmal gesagt, dass du ... das Besonderste bist, dem ich je begegnet bin..."

„Das hast du bestimmt nicht gesagt...", sagte sie leise.

„Dann habe ich eben ‚besonders' gesagt. Aber ich meinte immer *das*..."

„Aber ... du hast ... immer gesagt, dass du ... mich nicht verstehst."

„Nein, Zoe ... das hast *du* gesagt... Und ... ich verstehe auch nicht so viel ... wie du es verdienen würdest... Und ich schäme mich dafür. Und ich denke dann, ich bin wertlos... Und manchmal läufst du weg ... und *sagst* es mir sogar... Aber ich ... verstehe mehr, als du denkst. Selbst wenn ... ich nicht so bin wie du, Zoe... Aber ich liebe dich... Also verstehe ich mehr, als du denkst..."

Nun verstummte sie völlig.

Erst nach langer Zeigt sagte sie:

„Jetzt kann ich mich eigentlich nur noch schuldig fühlen, immer..."

Er überlegte und sagte dann:

„Du kannst mir doch einen kleinen Ausgleich schenken."

„Was denn?"

„Dass du dich einfach *nicht* schuldig fühlst... Dass es einfach irgendwie *normal* ist..."

Wieder schwieg sie betroffen.

„Und", fügte er hinzu, „wenn du ... möchtest, kannst du mir ... ja ab und zu deine Hand geben... Aber ... nein, das sollst du nicht... Ich ... will ja *auch* kein Mitleid..."

Nun war sie wirklich betroffen. Lange gingen sie nun so schweigend nebeneinander.

Schließlich fragte sie leise:

„Ist ein Ausgleich denn immer nur Mitleid...?"

„Das musst *du* ja wissen, Zoe... Ich weiß es doch nicht..."

„Bei dir war es auch nicht so, oder?"

„Nein. Es war mehr. Aber bei mir war es ja Liebe..."

Wieder schwieg sie eine Weile.

„Und bei mir...", sagte sie dann, „ist es wenigstens ein Ausgleich... Ein kleiner..."

Er konnte auch jetzt nur berührt schweigen.

Und nach einer ganzen Weile stahl sich ihre Hand erneut in die seine...

*

„Zoe?“
„Ja?“
Sie gingen nun schon über eine halbe Stunde.
„Kannst du nicht noch mehr über den Wald erzählen? Ich meine, über dich...? So etwas wie mit den Stämmen und der starken Ruhe. Und mit dem Geruch und dem Licht und allem?“
„Das weißt du noch?“
„Ja, natürlich.“
„Und was weißt du noch?“
„Dass ich dich liebe... Und deswegen noch ganz viel ... aber ich könnte es jetzt nicht sagen. Aber das bedeutet nicht, dass ich es nicht mehr weiß. Und ... und ich weiß ... auch noch ... dass ich dir noch den Gesang der Vögel wiederbringen muss ... aber ich weiß noch nicht wie...“
Wieder war Zoe tief betroffen.
„Und ... warum soll ich dir jetzt über den Wald erzählen?“
„Weil ich dich *kennenlernen* möchte, Zoe... Weil ich *mit* dir sein möchte... Weil ich ... mit dir teilen möchte, was ... dich beschäftigt. Was dir etwas bedeutet...“
„Und wenn du es nicht kannst?“
Kurz wollte sich wieder die alte Verzweiflung seiner bemächtigen. Dann aber sagte er:
„Ich kann dir zuhören, Zoe... Und alles was du sagst, wird mir etwas bedeuten. Und ich werde vieles verstehen. Und es wird mir etwas bedeuten... Das verspreche ich dir...“

Nach einem langen, betroffenen Schweigen, sagte Zoe langsam:
„Ich ... habe ja noch nie mit jemandem geredet... Und eigentlich habe ich ja damals schon alles gesagt... Man kann es ja eigentlich auch gar nicht sagen... Was man erlebt, kann man eigentlich gar nicht sagen...“
„Du kannst doch bestimmt noch viel mehr sagen, Zoe. Du hast ja sogar schon angefangen, Gedichte zu schreiben...“

„Schreib du doch mal ein Gedicht!"

„Ich? Wieso ich?"

„Dass du mir dann vorlesen kannst."

„Und dann?"

„Dann lerne ich auch kennen, was *dich* beschäftigt."

„Das weißt du doch schon."

Von neuem betroffen schwieg sie wieder. Dann sagte sie: „Ich *weiß* gar nicht, was ich erzählen soll..."

„Ja... Gut, Zoe. Tut mir leid, ich ... wollte dich auch nicht drängen..."

Wieder schwieg sie. Händeringend fragte sich Tom innerlich, wie er sie überhaupt erreichen könnte und ob sie sich nicht völlig einsam fühlte – trotz seiner Anwesenheit.

„Es ist einfach...", begann sie dann völlig unvermittelt und auch verletzlich, „dass ... der Wald auch immer für einen da ist... Und er stellt keine Fragen... Ich meine nicht dich! Er stellt keine Fragen – und er versteht einen... Es können einen hundert Sorgen beschäftigen. Und ich kann hier hingehen – und fühle mich verstanden... Ich fühle mich hier zu Hause. Beschützt. Es ist wie eine Heimat... Natürlich würden die Leute das verrückt finden. Sie würden sagen: Du hast doch ein Zuhause, du hast doch Eltern. Der Wald kann doch keine Heimat sein – und verstehen kann er dich schon gar nicht. Aber sie wissen nicht, dass der Wald viel, viel mehr sein kann als *Eltern*. Und dass er viel, viel mehr verstehen kann als *Menschen*. Und dass er deswegen auch ein viel, viel größeres Zuhause sein kann. Der Wald versteht *alles*. Und wahrscheinlich ist das so, weil hier auch noch die ganzen Wesen sind, von denen Oma gesprochen hat. Ich *fühle* mich hier verstanden, Tom! Und ich weiß, dass das keine Einbildung ist, wie vielleicht sogar du denkst. Das ist es nicht! Die Natur versteht einen. So ein großer Baum hier", sie wies auf eine Eiche, legte dann sogar ihre Hand auf die Rinde, „versteht einen und ist viel weiser als ein Mensch."

„Auch als deine Oma?"

„Als ein normaler Mensch..."

„Aber geben dir die Bäume auch Rat?"

„Die meisten Menschen geben auch keinen Rat – nur das, was sie für richtig halten. Und sie können nicht einmal *zuhören*. Die Bäume können das – besser als jeder Mensch."

„Erzählst du ihnen denn Dinge?"

„Es geht nicht *darum*. Es geht darum, dass ich hierherkommen kann und mein *Herz* alles in sich trägt. Ich brauche gar nichts zu sagen – aber es ist ja in mir, und hier bin ich sofort nicht mehr allein..."

„Aber ... ist es ... ist es dem Wald nicht gleichgültig, was du fühlst? Was ... irgendjemand fühlt?"

„Nein – ist es nicht. Man kann ihm seine tiefsten Geheimnisse anvertrauen und man fühlt sich *verstanden*."

Er fühlte seine Zweifel daran aufsteigen, eigentlich schon längst anwesend sein.

„Du glaubst mir nicht, nicht wahr?"

„Ich ... das..."

„Ich wusste es ja, Tom...", sagte sie, bereits wieder in der Abwehr.

„Warum solltest *du* es auch verstehen... Wie *könntest* du..."

„Aber...", sagte er hilflos.

„Nein...", sagte Zoe. „Es war wieder *mein* Fehler... Ich hätte es wissen müssen... Jetzt weiß ich es..."

Zwar rannte sie diesmal nicht weg – aber schnell merkte er, dass das noch hundertmal schlimmer war. Wenn sie nicht einmal wegrannte, zerbrach es wirklich...

„Zoe..."

„Es ist schon gut, Tom. Du wirst mich *nie* verstehen..."

Heiße und kalte Ströme durchzogen ihn auf furchtbarste Weise. ,Ein Wald kann nicht fühlen, Zoe!', wollte er rufen. ,Aber ich – ich fühle doch! Warum bin ich dir so unwichtig – und warum ist der Wald dir so wichtig, der dich doch nicht verstehen kann... Warum willst du nicht von *mir* verstanden werden...!?'

Aber der eiserne Bann des Schweigens legte sich erbarmungslos über alles.

Schließlich sagte Zoe in verzweifelter Einsamkeit:

„Ich ... ich möchte jetzt *allein* sein, Tom..."

Er konnte nichts anderes tun, als verzweifelt, mit einer unendlich schmerzenden Frage im Inneren, zurückzubleiben, und alleine ging sie weiter, ebenfalls in tiefstem Schmerz...

*

Heute war er es, der bei ihrer Oma anrief.
„Frau Weber? Hier ist Tom... Ich brauche wieder dringend Ihre Hilfe ... wenn es überhaupt noch möglich ist..."
‚Was ist denn geschehen?'
„Es war alles wunderschön ... und Zoe hat sogar den Mut gehabt, mehr von dem Wald zu erzählen, weil ich sie gebeten und ihr Mut gemacht hatte... Und dann ... ging wieder alles schief. Sie sagte, der Wald versteht sie. Auch wegen der Wesen, von denen Sie gesprochen haben. Aber auch die Bäume. Und ich ... habe vorsichtig gefragt, ob es den Bäumen nicht gleichgültig ist, was jemand fühlt. Bäume können einen doch nicht wirklich *verstehen*. Aber da war sie furchtbar verletzt – und glaubt jetzt *endgültig*, dass ich sie nie verstehen kann. Sie ist nicht einmal mehr weggelaufen. Sie hat mich nur gebeten, sie alleine zu lassen ... und jetzt ist glaube ich alle Hoffnung verloren..."

Am anderen Ende war es still.
Natürlich musste auch ihre Oma ihn jetzt verachten! Gerade sie. Er fühlte sich so elendig...
‚So schnell ist *nie* alle Hoffnung verloren, Tom.'
Wieder schämte er sich.
„Aber was kann ich denn jetzt überhaupt noch machen?"
‚Die Frage ist: Was *willst* du machen? Dich entschuldigen?'
„Das hätte doch überhaupt keinen Sinn."
‚Nichts ist je sinnlos, Tom...'
„Ja, dann würde ich es versuchen."
‚Aber würdest du es so *meinen*?'
„Was meinen Sie?"
‚Würdest du sehen, was du falsch gemacht hast?'
„Ich weiß nicht genau...", sagte er zögernd. „Ich habe sie verletzt."
‚Hättest du es vermeiden können?'
„Ich weiß nicht..."

159

‚Schweigen?'

„Ja, ich hätte schweigen können."

‚Hätte das etwas genützt? Langfristig?'

„Was meinen Sie denn, Frau Weber?"

‚Du siehst doch den entscheidenden Punkt, Tom. Du stehst da an einem alles entscheidenden Punkt. Du kannst Zoe nicht lieben und ihr gleichzeitig ihr Erleben nehmen wollen. Entweder du liebst sie, *weil* sie so ist – oder du *verlierst* das, was du so liebst, entweder, weil sie sich von dir zurückziehen muss, oder, sei es nur als theoretische Möglichkeit, weil ihre Gedanken sich den deinigen anpassen und du dann *auch* nicht mehr das Mädchen hast, was du geliebt hast.

Das bedeutet: Du musst dich wirklich entscheiden, ob du sie liebst, mit allem, was sie ausmacht, oder ob dir deine Wirklichkeitsauffassung wichtiger ist. Wenn du Zoe mit deinen Zweifeln begegnest, wirst du sie immer wieder verletzen – und sie wird es nicht lange aushalten, dafür ist sie zu empfindlich und verletzlich.

Du hast also nur eine Möglichkeit: sie bedingungslos zu lieben. Wenn du das nicht kannst, musst du es aufgeben, denn dann kannst du ihr nur wehtun.

Aber lieben wirst du sie auf Dauer nur können, wenn du die Macht deiner Zweifel brechen kannst. Sonst werden diese auf Dauer deine Liebe und eure Beziehung vergiften – und du wirst auch Zoe krank machen. Wenn du ihr hier keine Stütze sein kannst, wird das der Punkt sein, wo eure Beziehung zerbrechen wird, früher oder später. Und du sollst deine Zweifel nicht verleugnen, aber du sollst an ihnen *arbeiten*. Deine eigene Gewissheit hinterfragen, dass Bäume einen nicht verstehen könnten – und zu verstehen versuchen, *was Zoe erlebt*.

Es geht darum, dass Zoe sich *eins* fühlt mit der Natur, Tom. Sie fühlt eine unendliche *Verbindung*. Und das hat heute niemand mehr. Aber deswegen kann auch niemand mehr beurteilen, was Zoe erlebt – und es ist der Hochmut der Gegenmächte, dieses Erleben zu belächeln und als ‚unwirklich' zu bezeichnen. *Unser* Erleben ist unwirklich! Das heutige Erleben der modernen Seele ist unwirklich. Zoe lebt noch *viel mehr* in der Wirklichkeit als alle anderen. Wenn du *das* begreifen könntest, ohne dass dir das moderne

sogenannte Wissen einen Strich durch die Rechnung macht, dann hätte Zoe in dir endlich den Freund, den sie sich vermutlich schon immer gewünscht hat – ohne es zu wissen.
Zoe begreift *mehr als du* von der Wirklichkeit, Tom. Aber jeder muss sie für verrückt halten – das gerade ist das Verrückte an unserer Wirklichkeit. Du liebst sie, aber du hältst sie für verrückt. Das ist das ganze Paradox. Und doch sehnt sich etwas in dir nach ihr – warum wohl? Weil sie etwas hat, was du nicht mehr hast ... und weil dieses Etwas *wahr* ist. Zoe hat eine Verbindung, die niemand mehr hat. Deswegen kann sie sich von den Bäumen *verstanden* fühlen. Es ist wahr, Tom. Du glaubst es jetzt nur nicht. Aber lerne begreifen, was Zoe wirklich erlebt. Lerne begreifen, dass sie sich mit diesen Naturwesen *verbunden* fühlt.
Wenn du das schaffst, dann wirst du auch langsam begreifen können, dass ein Baum nicht einfach nur das ist, was ihr in der Schule lernt und was in euren Tests vielleicht abgefragt wird, sondern viel, viel mehr! Es geht um die Wesenhaftigkeit der *gesamten* Natur. Es geht darum, dass auch die Natur Seele und Geist hat – und dass in dem, was wir als Bäume, Pflanzen, Pilze, Tiere und so weiter sehen, tatsächlich etwas lebt, was Zoe *viel tiefer verstehen* kann als jeder Mensch. Und das spürt sie. Sie spürt, dass sie *verstanden* wird. Und sie hat es gewagt, dir ihre verletzliche Seele zu offenbaren... Oft wird sie diesen Mut nicht mehr haben, Tom...'

Tom wusste nichts zu sagen – in ihm kämpfte ein Übermaß an Gedanken und Empfindungen ... Scham, Reue, Liebe, noch immer Zweifel, Staunen, Rat- und Hilflosigkeit ... und Sehnsucht...

,Und du, Tom? Wozu wirst du den Mut haben...?'
„Ich bin so ratlos...", stammelte er.
,Ratlos oder mutlos?'
„Ratlos..."
,Hast du den Mut, die Möglichkeit dessen, was Zoe erlebt und was ich dir eben beschrieben habe, voll anzuerkennen?'
„Ja ... ich glaube schon..."
,Dann hast du auch den Mut, ihr das zu sagen. Und vielleicht schreibst du ihr auch ein Gedicht. Dann machst auch du dich einmal verletzlich... Ich meine, so, dass auch sie das spüren kann...

Schenke ihr auch von deinem Innersten etwas, Tom... Schenke ihr alles, was du hast, jetzt gerade...'

„Ich werde es versuchen."

Seine alte Ratgeberin schwieg.

„Danke, Frau Weber...", sagte er mit aufrichtiger Demut.

‚Ich werde mit guten Gedanken an euch denken.'

„Auf Wiedersehen..."

‚Ja, auf Wiedersehen, Tom.'

Er setzte sich hin und versuchte zu schreiben. Erst fiel ihm gar nichts ein. Dann aber wurde seine Sehnsucht, seine Liebe, seine Reue übermächtig – und sein Herz öffnete sich wie Schleusen...

Dann ging er zum Nachbarhaus und klingelte dort, und als ihre Mutter sie geholt hatte, überreichte er ihr nur das gefaltete Blatt...

*

Auf ihrem Bett entfaltete Zoe das Papier und las seine Zeilen:

Zoe
Ich liebe ein Mädchen, das ist einzigartig.
Ich verletze sie – und wollte es nicht.
Mein Leben zerbricht – ohne sie.
Sie ist mein Leben und weiß es nicht
und wüsste sie es, würde sie fliehen.
Dabei will ich nur eins – bei ihr sein.
Ihre Augen sind mein Glück – jeden Tag.
Wenn sie auf ihrem Stuhl sitzt,
kann ich nicht mehr unglücklich sein.
Wenn sie mir ihre Hand gibt,
kann ich keine Worte mehr dafür finden.
Sie macht mich so unendlich glücklich –
und was tue ich?
Ich verletze sie jeden Tag.
Ich enttäusche ihr Vertrauen
und zerbreche selbst, wenn sie geht,
weil sie meine Nähe nicht mehr erträgt.
Ich habe solche Sehnsucht,
es richtig zu machen, bei ihr,

immer nur bei ihr...
Und was ich falsch mache, macht mich hilflos.
Unfähig liebe ich ein Mädchen,
bei dem ich immer wieder nur
alles falsch machen kann,
aber ich will es nicht, ich will es nicht!
Ich beneide die Bäume, denn sie können etwas,
was ich erst versuche, verzweifelt mir wünschend,
eines Tages so gut zu sein wie sie,
bevor ich sie verloren habe,
die ich liebe –
Zoe...

Und dieses Mädchen, Zoe, war von jeder Zeile wachsend berührt, aber als sie die letzten Zeilen las, begannen ihre Lippen zu zittern, ihre Augen füllten sich mit Tränen – und als sie das Blatt sinken ließ, strömten diese ihre Wangen hinunter...

Vergeblich schaute Tom am nächsten Morgen aus dem Fenster, wann sie losgehen würde. Schließlich machte er sich selbst einsam auf den Weg.

Aber kurz darauf hörte er hinter sich Schritte – Zoe lief ihm eilig nach. Bestürzt wartete er auf sie, noch immer voller Scham, Reue, Liebe und Sehnsucht.

Schüchtern lächelte sie ihn an und ging neben ihm weiter.

Ratlos konnte er es nur hinnehmen, sich keinen Reim darauf machen – dabei waren doch soeben einfach seine Träume und sein Flehen wieder in Erfüllung gegangen, nur sein reuiges Gewissen hatte es fast nicht mehr glauben können.

Schweigend gingen sie nebeneinander. Keines wagte zu sprechen, Tom schon gar nicht.

In dieser seltsamen Eintracht gingen sie so lange, bis Zoe leise sagte:

„Bei den letzten Zeilen habe ich geweint..."

Er konnte nur schweigen, erfüllt von Rührung und von einem Glück, was auch ihm selbst fast von neuem Tränen in die Augen trieb.

*

Und dann gingen sie an diesem Nachmittag wieder in den Wald.

Und zuerst schwiegen sie wieder lange.

Irgendwann sagte Zoe:

„Müssen wir reden?"

Und er antwortete:

„Nein..."

Und sie gingen über eine Stunde lang schweigend.

Und irgendwann fühlte er wieder ihre Hand in der seinen.

Schließlich kamen sie schweigend wieder zu Hause an.

Und dann schaffte Zoe etwas, was er nicht für möglich hielt: Sie *verabschiedete* sich sogar schweigend.

Mit einer einzigartigen Anmut winkte sie schüchtern lächelnd ... und wie eine Fee sah er sie in ihr Haus gehen.

Und vielleicht war Tom noch nie so glücklich gewesen wie in diesem Moment...

Und später an diesem Abend erhielt Zoes Oma wieder einen Anruf – von ihr selbst. Und sie schien noch immer verzaubert.

„...gestern habe ich gedacht, es wäre vorbei, Oma."
Sie erzählte das ganze Geschehen.
„Aber dann schrieb er mir ein Gedicht ... so ein unglaubliches Gedicht ... bei dem ich am Ende *weinen* musste... Und dann sind wir heute schweigend zur Schule gegangen. Und dann sind wir heute Nachmittag in den Wald gegangen. Schweigend. Und haben sogar beim Abschied nichts gesagt... Und ich war so glücklich, Oma! Wir haben uns ohne Worte verstanden. Es war zum ersten Mal *wie mit den Bäumen*, Oma... Ich dachte, das gibt es bei Menschen gar nicht... Höchstens bei dir, vielleicht. Ich bin *so glücklich*..."
‚Ach, Zoe... Ich bin auch so glücklich für dich! Wie ist das schön... Aber achtet aufeinander... Achte du auch auf deinen Freund. Tom ist ja kein Baum... Ein Junge möchte manchmal reden, mit dem Mädchen, das er liebt... Und irgendwann möchte das Mädchen auch reden, nicht wahr?'
„Ja, Oma. Natürlich... Das möchte es ja..."
‚Ich freue mich so für euch, Zoe. Ich denke an euch!'
„Danke, Oma. Danke für alles..."

Die alte Frau fragte sich, ob Tom etwas erzählt hatte. Aber sie ließ es dahingestellt sein und wollte an dem Glück der beiden nicht unvorsichtigerweise rühren.

Am Wochenende fragte Zoe ihn beim Spazierengehen im Wald: „Möchtest du mit mir die Waldorfschule besuchen? Wenn es geht? Zur Probe, meine ich?"

Er hatte das schon nahezu wieder vergessen.

„Wenn du möchtest...", erwiderte er etwas überfallen.

„Ja, ich möchte diese Schule kennenlernen. Und ich möchte ... würde es sehr gerne mit dir zusammen... Nicht alleine... Stell dir vor, jeden Tag..."

„Ja, Zoe, sehr gerne..."

Er sah sich schon drei Stunden jeden Tag mit ihr unterwegs sein – und dieser Gedanke war nur anziehend. Drei Stunden ihre große Nähe...

„Hoffentlich klappt es!", sagte Zoe. „Ich bin so gespannt auf diese Schule!"

Diese Begeisterung konnte er natürlich weniger teilen...

„Und wie geht es dir jetzt? Sonst...? In der Schule, meine ich?"

„Es geht...", erwiderte sie sanft. „Ich meine es wirklich: Es *geht*. Was Oma gesagt hat, ‚funktioniert'... Im Moment schaffe ich es... Oma hat mich wirklich gerettet. Und Papa hat sogar aufgehört, von der Psychologin zu reden – erstmal. Ich frage mich, was sie hätte tun sollen. Ich habe keine Ahnung. Aber sie hätte mich auch aufgelöst... Sie hätte *auch* nicht geglaubt, dass Bäume einen verstehen können... Aber du weißt es jetzt, nicht wahr? Ein bisschen?"

„Ja... Ja, Zoe... Irgendwie schon."

„Du bist ein *echter* Freund, Tom..."

So eine Liebeserklärung hatte er überhaupt noch nicht bekommen.

„Damit meine ich sehr viel...", sagte sie leise.

„Das weiß ich doch, Zoe", erwiderte er berührt.

„Ich *hatte* nie einen echten Freund...", beharrte sie.

Er spürte ihre schmerzliche Einsamkeit noch in diesen Worten, die eine Vergangenheit meinten...

„Ich hatte auch nie eine solche Freundin, Zoe... Und ich bin froh, dass ich auch davor keine hatte..."

„Denkst du nicht...", fragte sie zögernd, „dass es ... mit mir manchmal zu anstrengend wird...?"

Er musste nur kurz überlegen.

„Ich denke, dass es für dich am anstrengendsten ist, Zoe... Ich meine, diese Welt. Und jemand muss dich doch beschützen... Jedenfalls bei dir sein...“

„Ich habe mir das ja nicht ausgesucht...“, sagte sie leise. „So zu sein, meine ich... Aber ... wie kann man jemanden so lieben ... dass man alle Schwierigkeiten dafür in Kauf nimmt?“

„Das kann man vielleicht auch nur, *wenn* ein Mädchen so ist wie du, Zoe...“

„Aber was ist an mir so besonders... Ich meine ... du bist so doch nicht. Wieso liebst du mich denn trotzdem so? Ich verstehe das nicht...“

„Ich kann es auch nicht beschreiben, Zoe. Aber deine Oma könnte es. Es klingt vielleicht blöd – aber ... es ist, wie wenn du direkt aus dem Märchen kommst. Ich habe nie an Märchen geglaubt. Ich tue das jetzt auch nicht. Vielleicht lerne ich es ja durch dich oder durch deine Oma. Aber *wenn* es Märchen gibt, ich meine in Wahrheit, dann bist du ein Teil davon. Und wenn es Märchen nicht gibt, dann bist du das Einzige, was davon übrig geblieben ist...

Ich rede wahrscheinlich nur Unsinn... Aber so fühlt es sich an. Und ... das Besondere ist also ... dass alles andere *nicht* aus dem Märchen kommt. Nur du...“

Einige Monate später, der Vorfrühling hatte gerade begonnen, da waren sie wieder bei Zoes Oma eingeladen.

Erst vor kurzem war durch den Weggang eines Schülers eine Probewoche an der Waldorfschule möglich gewesen, und nun sprachen sie auch darüber. Die Vermutung der alten Frau hatte sich bestätigt – Zoes Erwartungen waren letztlich doch enttäuscht worden.

„Wir sind jeden Morgen so früh aufgestanden! Vor allem Tom war immer noch ganz müde!"
„Nein, stimmt doch gar nicht."
„Doch, du bist doch gleich am zweiten Tag auf der Hinfahrt in meinem Schoß eingeschlafen..."
Tom wurde rot.
„Aber nur, weil es so schön war..."
„Nein, weil du müde warst!"
Die alte Frau lächelte. Dann kehrte sie zum Thema zurück:
„Und was hat dir gefallen an der Schule? Was hätte dich dorthin geführt?"
„Sehr vieles, Oma! Sehr vieles... Der Lehrer, also der Klassenlehrer. Auch die meisten anderen Lehrer. Der Spruch schon am Morgen. Vieles vom Unterricht. Eine Art ... Klassengemeinschaft. Ein bisschen sogar Schulgemeinschaft. Das Gebäude, die schönen Räume! Vieles eben..."
„Aber es hat alles nicht dazu geführt, dass du den Wunsch hattest, die Schule zu wechseln?"
„Doch, schon ... vieles in mir *wollte* dorthin. Oder wegen vielem wollte ich dorthin. Ich hatte den Wunsch... Aber dann hatte ich ihn doch wieder nicht..."
„Und warum nicht?"
„Willst du den wirklichen Grund wissen, Oma?"
„Ja, natürlich."
„Weil ich auch dort wieder *allein* gewesen wäre..."

Ihre Oma lächelte leise, schmerzlich.
„Ja ... das hatte ich mir gedacht..."

„Ich meine ... es ist gerade unvorstellbar *schade*, Oma! Da gibt es so eine Schule – und ... es wird gar nicht beachtet. Eigentlich ist es, wie du sagst: Nicht einmal die *Lehrer* verstehen die Schule wirklich... Allein schon der Spruch morgens: ‚Ich schaue in die Welt...' Kennst du ihn?"

„Ja, natürlich."

„Ich habe ja gar nicht gewusst, dass es so etwas gibt! Allein schon wegen diesem Spruch hätte ich auf diese Schule gewollt! Aber ... die Schüler sprechen ihn alle so ‚herunter' ... und der Lehrer tut nichts dagegen! Ich glaube ja sogar, dass er sich bemüht, dass sie es irgendwie möglichst ‚gut' machen – aber das ist doch nicht das, worum es geht! Das reicht doch nicht! Und deswegen ist es allein schon der Spruch, warum ich nicht dorthin kann... Ich würde es nicht aushalten... Lieber halte ich eine Welt ohne Spruch aus als das... Wo etwas so ist, wie es sein sollte ... und man *sieht* es gar nicht..."

„Ja, Mädchen...", sagte ihre Großmutter tief mitfühlend. „Ich weiß genau, was du meinst..."

„Und dann geht es mit dem Unterricht ja weiter. Das sind alles ganz normale *Schüler*. Ich meine, sie sind schon ein bisschen anders als hier – aber davon abgesehen, sind sie ganz normal. Es ist überhaupt nie wirklich still. Ständig wird irgendwie geredet, ständig macht irgendjemand irgendetwas. Am Ende habe ich gemerkt, dass das normal ist – und dass das offenbar sogar eine Art relativ konzentrierte ‚Arbeitsatmosphäre' sein soll, weil es in anderen Stunden *noch* schlimmer ist! – Aber wie kann man diese ganz andere Schule so wenig *ernst* nehmen? Auch das würde ich nicht aushalten..."

„Ich fand's lustig...", grinste Tom.

„Ja, natürlich, du wieder!", sagte Zoe böse, und ihre Oma lächelte still in sich hinein.

„Aber ich verstehe, was Zoe meint...", sagte Tom sehr ernsthaft. „Sie hat Recht, es war überhaupt nie ruhig. Und ich wusste, dass Zoe das überhaupt nicht ertragen kann. Sie tat mir leid ... ich hätte mir gewünscht, dass es alles zu ihr gepasst hätte."

Ihre Oma nickte.

„Und dann die Eurythmie! Das soll doch so eine Art heilige Sprache sein, oder nicht? Ich habe mal die Lehrerin gefragt. Die hat mich dann zu einer anderen Lehrerin geschickt, und die hat es mir etwas erklärt. Ich weiß nicht, was ein ‚Ätherleib' ist. Aber ich verstehe auch nicht, dass man da Buchstaben nachmachen soll, und dass man sich auf den Kopf tippen soll – und dass das dann ein ‚T' sein soll. Ich finde, der *Kopf* ist bereits viel zu heilig, um sich da einfach so draufzutippen, bloß weil man es soll... Und dann diese ganzen anderen komischen Bewegungen, und auch das nimmt ja überhaupt keiner ernst... Es ist ja alles fast nur ein einziges Durcheinander – oder die Lehrerin muss rumbrüllen ... also laut werden... Was soll das...“

„Du hast Recht, Zoe. Wenn es wirklich heilig geschähe, im Bewusstsein dessen, was man da eigentlich tut, dann würde auch so eine Bewegung wie für das ‚T' eine heilige, edle sein – und dann würde man *verstehen*, was das ist. Der Buchstabe T, wenn man ihn bildet, führt ja auch zu einer Berührung, einem Kontakt, die Zunge muss die Zähne berühren, sonst entsteht dieser Laut nicht. Es ist der Laut einer deutlichen, sehr gefassten, echten Berührung. Er hat *Willenscharakter*. Denke nur mal an das Wort ‚Tat'! Der Buchstabe ‚T' hat etwas sehr Besonderes. Und auch der menschliche Kopf ist ein heiliger Ort – eigentlich nennt man ihn ja das ‚Haupt'. Da steht das ‚T' auch wieder am Ende als prägnanter Schluss. Es ergibt alles schon Sinn, wenn man es in tiefer Weise betrachten würde – und ebenso tief vollziehen könnte. Der Ätherleib wiederum ist das heilige Gewebe der Lebenskräfte selbst – und davon hast und erlebst du eine unendliche Fülle, Zoe, du weißt es nur nicht. Aber du lebst eigentlich mitten darin... Aber ja ... wenn das alles nur in unverstandenem Chaos gemacht wird, *kann* es dich ja nur abschrecken, Kind...“

„Ja ... aber siehst du, Oma? Das sind die Gründe... Ich kann das einfach nicht... Ich würde drei Stunden jeden Tag dorthin fahren... Und dann... Da ist wirklich eine Schule, die man ernst nehmen *könnte*, ja nicht nur das, die man erst nehmen *müsste* – und was geschieht? Es geschieht nicht! Ich würde das nicht ertragen... Wenn ich die Einzige wäre... Sogar die Lehrer nehmen es nicht wirklich ernst... Ich würde es nicht aushalten, Oma...“

„Ja, das verstehe ich Mädchen. Ich verstehe es sofort... Das habe ich befürchtet... Ich wusste, dass es so kommt."
„Aber warum hast du es dann überhaupt vorgeschlagen?"
Wieder lächelte die alte Frau wehmütig.
„Man hofft natürlich immer, dass ein Wunder geschieht. Dass diese *eine* Schule noch etwas anderes ist. Auch wenn man es eigentlich längst besser weiß. Aber vielleicht hat sich ja im Laufe der Jahre etwas geändert – aber das tut es immer nur zum Schlechteren hin. Aber das andere ist ... es ist ganz gewiss auch wichtig, dass du es überhaupt *erlebt* hast, Zoe. Nicht nur, wie es ist. Sondern vor allem den heiligen Impuls *dahinter*. Das war das eigentlich Wichtige. Und du hast es tiefer erlebt, als ich vorauszusagen wagte. Auch das hätte ich wissen müssen: Dass du es wirklich erlebst, ganz und gar... Das kann dir niemand nehmen, Zoe. Du weißt jetzt, wie eine Schule *sein* könnte... Und damit wirst du etwas anfangen können. Das wird dir sogar in deiner jetzigen Schule wiederum eine Kraft geben, um dich zu behaupten..."

„Das stimmt, Oma, du hast Recht..."
„Deine Oma hat immer Recht, Zoe...", sagte Tom zärtlich neckend.
„Ach du! Du hast doch gar keine Ahnung..."
„O doch", wehrte sich Tom. „Ich weiß manchmal mehr, als du denkst."
„Ja...", sagte Zoe nun liebevoll. „Das weiß ich doch..."

*

Sie unterhielten sich noch lange, und auch noch über vieles sehr ernsthaft.
Dann mussten sie sich endlich verabschieden. Als Zoe schon angezogen im Flur stand und Tom noch einmal kurz auf Toilette musste, fragte ihre Oma sie:
„Tom versteht dich jetzt, nicht wahr, Zoe?"
„Ja...", erwiderte diese glücklich.
„Und ... reicht ihm deine Hand noch immer?"
„Ja..."
„Dann ist gut, Kind..."

„Oma?", sagte Zoe schnell, weil sie Angst hatte, dass Tom gleich zurückkommen würde.

„Ja?"

„Es kann sein, dass ich ihm bald, vielleicht in ein paar Wochen, einen ersten Kuss geben möchte... Natürlich erstmal nur auf die Wange..."

„Ich verstehe...", lächelte die alte Frau.

Tom kam zurück.

„Was redet ihr da heimlich?"

„Ach nichts", sagte Zoe. „Frauensachen..."

„Ach so – davon habe ich natürlich keine Ahnung, oder?"

„Nein – hast du nicht..."

Zoe umarmte ihre Oma innig.

„Tschüss, Oma! Bis in zwei Wochen. Aber du musst mir noch sagen, was du dir zu deinem Geburtstag wünschst..."

Ihre Oma lächelte.

„Ich wünsche mir gar nichts mehr, Kind... Ich habe alles, was ich mir wünsche..."

Auch Tom verabschiedete sich herzlich.

Und dann gingen die beiden Menschenkinder Hand in Hand Richtung Bahnhof, während eine alte Frau ihnen zutiefst gerührt nachsah.

*

Im Zug fragte Tom:

„Ist dir etwas aufgefallen, Zoe?"

„Was denn?"

„Na, mit den Buchstaben..."

„Was soll mir denn da aufgefallen sein?"

Tom lächelte.

„Wirklich nichts...?"

„Sag doch..."

„Na, dass das ‚T' ein unglaublich besonderer Buchstabe ist..."

Zoe sah ihn mit großen Augen verständnislos an...

Und dann musste sie auf einmal hell auflachen...

Und Tom liebte auch dieses Lachen, das dem Mädchen in letzter Zeit überhaupt erst ein wenig leichter fiel, unsterblich ... denn es war *ihr* Lachen...